U0854793

诗
想
者

H I P O E M

生 活 ， 还 有 诗

梁雷鸣，男，1970 年生，广东雷州人。广东省作协会员。作品发表于《诗刊》《星星》《诗潮》《绿风》《诗选刊》《诗探索》等刊物，入选多种选本。获《人民文学》“美丽武汉·幸福汉阳”全国诗歌（词）大赛银奖、《诗刊》社 2004 年度“春天送你一首诗”全国诗歌征文大赛二等奖等。已出版诗集《游上天空的鳐鱼》。

大海书

Dahai Shu

梁雷鸣　著

GUANGXI NORMAL UNIVERSITY PRESS
广西师范大学出版社
· 桂林 ·

特约策划/ 刘　春
责任编辑/ 吴福顺
责任技编/ 王增元
封面设计/ 桂　裴
内页设计/ 李红娟

图书在版编目（CIP）数据

大海书 / 梁雷鸣著. -- 桂林：广西师范大学出版社，2023.7
ISBN 978-7-5598-6014-9

Ⅰ. ①大… Ⅱ. ①梁… Ⅲ. ①诗集－中国－当代 Ⅳ. ①I227

中国国家版本馆 CIP 数据核字（2023）第 080594 号

广西师范大学出版社出版发行
（广西桂林市五里店路 9 号　邮政编码：541004
网址：http://www.bbtpress.com）
出版人：黄轩庄
全国新华书店经销
广西广大印务有限责任公司印刷
（桂林市临桂区秧塘工业园西城大道北侧广西师范大学出版社集团有限公司创意产业园内　邮政编码：541199）
开本：889 mm × 1 194 mm　1/32
印张：9.5　　字数：180 千
2023 年 7 月第 1 版　　2023 年 7 月第 1 次印刷
定价：78.00 元

目　录

卷一　盐家族

003　一只大雁飞向大海深处

004　海风继续吹

005　北部湾落日

006　台风什么也没盗走

008　夜凉似水

009　其实海底与人间是一样的

010　那堵墙突然倒塌了

011 天亮了
012 启明星还未升起
013 井　歌
014 留言条
015 晒盐记
016 海　浪
017 一条河流的续集
018 流到天上的水
019 一只山羊眺望大海
020 两个比喻
021 海边的坟墓
022 一只白鹭在盐堆上寻找自己
023 海在天上
024 章鱼英雄传
025 银河流动的声音
026 逃亡者
027 盐蒿草
028 在乌石

029 面海歌

030 守夜人

031 不是每一片落叶都要归根

032 水边书

033 一朵云坐在海面上

034 死去的浪

035 安静的人

036 海平线

037 白沙洲

038 蟛蜞岛

039 海边小庙

040 涨　潮

041 海水稻

042 鱼　雨

043 海蜇之死

044 盗海记

046 借火记

047 苦楝花与青鳞鱼

048 墨鱼之歌
049 劈螺记
050 放蜂记
051 九　月
052 独自歌唱
053 庭院与村巷
057 盐家族

卷二　潮汐图

067 热带也有冬天
069 一个异乡人说起雷州半岛
070 火车驶在海面上
071 在中国大陆最南端
072 潮汐图
073 星　空
075 斜阳照在斜阳岛上

076 热带雨林
077 十字浪
078 落　日
079 一声清响
080 白茅海的风车
081 硇洲岛
082 仿佛伤口在我身上
083 那晏海石滩
085 夜宿存亮湾
086 在火山岩海岸
087 江洪渔港
089 小鱼的命运
090 七月雪
091 海陵岛
092 渔港之夜
094 去岭南
095 “明斯克”号航母
096 烟　花

097 珠江口
098 海鸥岛绝句
099 过伶仃洋
101 双月湾
103 巽寮湾的早晨
104 斜阳岛
105 一滴水书屋
106 木桩与白鹭
108 三无船只拆解处
110 高桩舞狮
111 在蕉门
112 防波堤
113 大船进港记
114 日　出
116 在雷州湾遇见白海豚
117 海岸日记民宿
119 坐着牛车去看珊瑚
120 南澳环岛游

122 南澳岛露营记
124 北回归线标志塔
125 东海日出
126 黄花鱼的叫声
127 像跳跳鱼一样生活
128 关于鲎的死亡报告

卷三　造船史

137 谷歌星空
138 超级月亮
139 养鲸记
140 中年的海
141 他们在大海上谈论诗歌
142 大街上遇到一条咸鱼
143 想写一封信
145 影子传

146 航海图
147 证　人
148 谁对我的生活做了手脚
149 一个忘了怎么写的字
150 A4 纸
151 我将带你去看军舰
152 造船史
153 大海的缺点
154 咸鱼诗
155 台风说来又不来了
157 海龙卷
158 岛
160 在潮涨与潮落之间
161 他们说：大海
163 关　系
164 呼伦贝尔大草原
166 仰　泳
167 蚝之歌

168 “将军帽”与狗爪螺

169 吃河豚

170 看电影《大洋之间的灯光》

171 在珠海听李肇星先生讲

172 船木椅子

174 前一个浪与后一个浪有什么不同

175 露宿渔排上

176 鲸鱼骨架

177 鱼不知道自己有名字

178 我看到的海，一群诗人已经来过

180 我的一生，大海只用一天就过完了

181 珊瑚颂

182 我原谅了藤壶

183 孤鹭，或者王勃

185 我的信它们还未收到

187 余生规划书

188 我同朋友说

189 但这不是大海

191 我对时间不持立场
192 让海风吹着口哨从大堂走过
193 一个人的战争史
194 沉船记
197 博尔赫斯与郑一嫂
201 大海造句集

卷四　海丝路

219 与南越王书
220 徐闻古港
222 光孝寺的菩提树
223 南海神庙
224 达奚司空
226 黄埔古港
228 南海一号
229 朝云墓畔口占

230 在海南五公祠遭逢宋徽宗的瘦金体

231 水手说

233 与一只长沙窑瓷盘对视

234 泉州天后宫

236 去开元寺

237 湄洲岛

239 重游洛阳桥

240 罗星塔

241 九日山祈风石刻

242 清净寺

243 两个铁锚

245 宋　井

246 东山岛风动石

247 山　寺

248 郑和碑记

249 在市舶太监李凤石像前

251 莲花山之诗

252 给汤养宗

253 大三巴牌坊
254 从一幅外销画中想象十三行
256 十三行问答
260 “哥特堡”号
261 乌石二传
263 伪欧洲
265 两棵榕树
266 郑家大屋
267 在石室
269 在胡里山炮台
270 灯塔看守人
271 寻找马尾造船厂
272 海事博物馆
273 华侨博物馆
274 陈家祠
275 十香园记
276 在根雕艺术馆
277 去黄飞鸿故居的路上

278 漳州路 44 号

279 在弘一法师舍利塔前

281 寻找李金发

282 一个黑人唱着粤语歌曲

283 见到了扎加耶夫斯基

285 嘿，可可扎

286 后　记

卷一 盐家族

一只大雁飞向大海深处

它飞，像一个江湖豪客：孤独，隐忍
它丢下的几声叫声，是与我接头的暗号
我听懂它的意思，但我不能说给你听
它义无反顾的身影
是天空唯一的动词

动词在动，在发出灰色的光
越飞越小，越飞越低的动词
掉进一本词典里

它飞，把天空飞高
它飞，把大海飞远
它飞，把自己飞成了印象派

海风继续吹

风从海上来
帆的刀把风削得更加锋利
海风吹着海，把蓝色的寂寞吹成白色的寂寞
海风吹到岸上，顺便把一个赶海的人吹回了家
而海鸥，是他无法收回的灵魂
海风继续吹，把院子里晾晒的渔网吹成了旗帜
海风已把一个少年吹成了中年人，还在吹
海风吹高处，也吹低处
海风吹着村子后面的沙丘
却无法把沙丘里的人吹醒
海风只好一阵一阵地吹着沙丘上的芒草

海风继续吹，一点也没有停下来的意思
仿佛海风一停下来，整个世界也跟着停下来
海风啊，你要吹什么就吹吧
吹过村子后面的小山坡
你就不是海风了

北部湾落日

面对落日
我从来不担心它会带走什么

我静静地倾听。金色的海鸥掠过了桅杆
在潮落与潮涨之间
海，屏住了呼吸
红树林早已浮出水面
触目都是如此安静

在这黄金时代
世界如我一样
倾听：日头落水的声音

台风什么也没盗走

台风刚过，我就来到海边
看看“黑格比”[1]这个海盗
盗走了什么

远处那艘旧帆船，它不是沉没
在海面上漂了那么多年，它终于回到海里
不忘记露出半截桅杆，让红嘴鸥歇脚
几棵倒向大海的树，肯定是站累了
想到海边走走，却绊倒在原地
路边的 T 形广告牌，铁皮和角铁
扭曲，交错，纠缠不清
这后现代主义杰作
肯定是“黑格比”的行为艺术

几个工人在清理掉在地上的树枝

---

1. “黑格比”：2008 年第 14 号台风。

一只麻雀在晾晒被打湿的翅膀

海水湛蓝，大地简洁

台风什么也没盗走

夜凉似水

一只鸟的叫声从月光之上漏下来
像来历不明的暗器

我不知道，这叫声的主人
是一只大雁，一只天鹅，还是一只野鸭
但我相信，它星夜赶路
心里一定装着要紧的事情

我也不知道，它一声深一声浅的叫声
是在呼唤同伴，还是用来
温暖自己

月华如霜，夜凉似水
天空除了月色，还是月色
一只鸟的叫声
让我看清了夜空的高远

其实海底与人间是一样的

海底一样有高山，一样有平原
你一样可以做侠客，骑着海马
在珊瑚丛林中追杀乌贼
春天来了，你可以用海牛犁地
播下的种子几天后就会长出海豆芽
你可以养条海狗看院子
养海蛇或海豹当宠物
你家炊烟可以从海底火山口袅袅升起
没有《快乐大本营》[1]，你就看海豚剧场
没有百度，你就用声呐搜索
一个人玩腻了，你就找个美人鱼谈恋爱
其实海底与人间是一样的
如果一定要找出海底与人间的不同之处
那就是在海底你不用再流眼泪

1.《快乐大本营》：电视综艺节目，已于2021年10月停播。

那堵墙突然倒塌了

没有风，没有雨，也没有人推它
院子南面那堵墙突然倒塌了
那是爷爷年轻时砌的石墙。那些石头
棱角各异，在风雨中合作了几十年
它们没有说过一句话
可今天，它们当中的一块不干了
哗啦一声，那堵墙就倒塌了
院子南边出现一个大缺口
海风无遮无挡地吹过来，几片白帆
也向这个缺口驶过来

天亮了

院子里的木麻黄抖落夜色
几只寻找虫子的黄鹂在树枝上跳跃
我和哥哥背着书包走出家门口
四眼狗跑到前面为我们领路
母亲追了出来，往我们的手中塞一把刚煮熟的蟹脚
她反过身去，左手提木桶，右手拿着椰子勺子
哇啰啰地呼唤她那一大一小的两头猪
她边往石盆里舀猪食边说
老大你多吃些吧，等会儿杀猪的南叔就要把你带走了
你是孩子们这个学期的学费
老二你正在长身体，也多吃些
孩子们下个学期的学费就指望你了
我回头看见晨光中的母亲
干净，圣洁，像一朵祥云

启明星还未升起

我喝完母亲煮好的鸡汤
父亲就在门口燃放了一串鞭炮
鞭炮声惊起远处几声狗吠
天上满是星星，但启明星还未升起
父亲和我开始出发了
父亲要在天亮前送我到盐场车站
让我乘坐每天一班的长途汽车到县城念书
我走在前面，父亲挑着我一个月的口粮
——一袋米和一袋煮熟晒干了的青鳞鱼
父亲还腾出一只手，用手电筒窄窄的光圈
照亮树林中的小路
我们走在海边松软的沙子上
每走一步，都会后退半步
每走一步，都会
后退半步

井　歌

只有你我是背不动的
况且，在异乡也无处安放你
你走了，井里那三条塘虱鱼怎么办
你走了，月亮每个月去哪儿圆呀
海二嫂每次吵架时总是说要去跳井
你走了，以后她吵架怎么办
你还是留在那澳村吧
离开了故土，一口井
就会活活渴死

留言条

我回到故乡的海边
在蚝壳小屋斑驳的木门上
我看到一张留言条
纸已发黄，字已褪色
依稀还可辨认，大意是
你来海边找我不遇
等了三天后离去
约定农历十月十五月满之夜再来
落款处是你的名字和时间
哦，一晃已过三十年

晒盐记

大海，我已把闸门打开，请放马过来
入闸之前，仔细阅读我的温馨提示
跨过这道门槛，每一滴海水都将失去
汹涌的权利，以及蔚蓝的荣光
也将失去饲养多年的鱼、虾和贝类
甚至失去海，这个知名度很高的词
误入我的阳谋之中
即使亿万滴海水一起暴动
也无法从我的长堤突围。我承认
我的盐田是炼狱，但已全面硬底化
不给一滴水的沉沦找到借口
我最大的满足是看着每一滴水赤裸裸地出走
我已与老天谈妥
水做的肉体由它拿去
我只要大海干净的灵魂

海　浪

无法企及的远方，茫然如前世
多少海浪诞生，成长
又有多少海浪消亡，还原为水
一排一排向我涌来的浪
在海面奔跑了多少年
它们的心中，肯定有一种
我无法理解的信念

来到我跟前的海浪，头都白了
这些远道而来的水，奔波了一生
或许只是为了，爬上来看看
大地的模样

一条河流的续集

退潮后，海水让出了领地
河流有了足够的篇幅续写自己
它模仿自己的前半生
写两岸，红树林便给它
写疼痛和歌声，礁石便给它
写寂寞，几条忘了回家的鱼儿便陪它
大海倒退着走，像母亲
张开双臂随时扶住可能会跌倒的孩子
涨潮时，大海又回来拥抱它
让它在怀里撒娇和哭泣
像一对失散多年的母子

流到天上的水

往天上流
这是盐田里每一滴水
都必须学会的绝技
夏日，正午
如果你来到雷州盐场
你会看到，水
在空气中翻涌
一波一波地流上天空
而天空，在高处蓝着
它是另一个大海

一只山羊眺望大海

在高高的海崖上
一只山羊眺望大海
海风吹起它长长的胡子
像晚年的黄宾虹

在海崖的这边，我也眺望大海
波涛诞生的地方
肯定有我期待的事物
大海辽阔，总是把欲望隐藏
如今我已近视，远方奔来的波浪
我只能看清十行以内
再远一点，已是模糊一片

那只山羊肯定比我看得更远
在它眼里，大海是一片草原
它在等待，风平浪静后
羊群出现在大海上

两个比喻

三婶要去跳海
九条壮汉也拉不回
三叔跟在后面喊
你以为你是北部湾上的落日
今天落下去
明天又从雷州半岛东边升起来
三婶猛地收住脚步
回过头来
扑到三叔怀里
痛哭着捶打三叔的胸膛
像海浪捶打着礁石

海边的坟墓

海边沙地上有一个土堆
土堆前面竖立着一块墓碑
墓碑面朝大海
上面刻着“李天河之墓”
听说这个土堆里并没有尸骨
这个叫李天河的人
出海后再也没有回来
我猜想有两种可能
一种是，李天河已葬身大海
大海也是一块埋人的地方
另一种是，李天河依然活着
在某个荒岛上，他活成了
现代版的鲁滨孙。此刻
他正站在荒岛上怅望故乡
像一块墓碑
而这块墓碑，像一个人
眺望着大海

一只白鹭在盐堆上寻找自己

从盐堆的这头走向那头
又从那头返回这头
那只白鹭依然没有找到它自己
我远远地看着，为它着急
其实，它那对黑眼睛
可以帮它找回自己
但它看不见自己的眼睛
当它失望地飞起时
它才惊喜地发现
那道掠过结晶池底的闪电
正是它自己

海在天上

那天和海平哥喝酒。他说
海在天上，你信不
我劝他少喝点，看你已经说醉话了
他说，我没醉，海真的在天上
鱼也在天上。在大浪中捕鱼
我们的渔船是半个花生壳
在波峰浪谷中起伏
船在浪谷时，网在高处
我们赶紧往下拉七八手
船被抛上浪尖时，网在深渊中
我们赶紧退回五六手
这样上上下下许多次
才把鱼和网
从天上拉下来

章鱼英雄传

我抓到一只章鱼
把它放在鱼篓里
回家一看
这个无路可逃的家伙
竟把自己的八条腿都吃掉了
只剩下光秃秃的脑袋
和一对如刀的怒眼
与我对视

银河流动的声音

今晚，所有星星都到齐了
在看似杂乱的黑暗中
每一颗星星都有恰如其分的位置
它们瞪着眼睛，一眨不眨
偷看黑暗中的人间
蟛蜞岛，被海浪当成秋千摇荡着
这让我感觉到，我也是
一颗孤悬宇宙的星星
此刻，我与整个宇宙
正在缓慢移动
银河流动的声音
从高处隐秘地传下来
和北部湾的涛声
混合在一起

逃亡者

我抓住一只青蟹
它用两只大螯死死夹住我的手指
然后脱掉双螯，逃命去了
我揪住一条沙虫
它丢给我半截身子
另一半钻进沙土深处，逃命去了
我捡到一条海参
它把五脏六腑掏给我
卷起空空的皮囊，逃命去了
后来，我被命运摁住身子
我把前半生丢给北部湾
一路向北，逃命去了

盐蒿草

它们爱海，比沙地上的木麻黄更爱
比海岸边的椰子树更爱
比长在海水中的红树林更爱
也比把根扎在远处
让长长的藤蔓爬到盐堆上的厚藤更爱
在结晶池边，在盐堆旁，在海堤上
它们点燃自己，骨头里的火焰
让卤水安静，让盐粒洁白，让波涛放慢脚步
它们矮小，卑微
它们从不把春天私自藏在心底
它们唯一的愿望是
在开出小花之前
让那个提着篮子的潭朗婆
采摘回家

在乌石

小时候，我坐过他的渡船
在塘东和乌石的海湾里往返
后来，渡口东边架起了一座桥
再也没有人搭乘他的渡船了
他只好摇着小船在港湾里闲逛
偶尔接送渔民出海或回家
那天，我在岸边看海
他把小船摇过来，问我要去哪里
我说，海上的路，哪条都行
上了船，我问他，现在没人过渡了
你为什么还在摆渡船
他说，一条老命，一条破船
早就给海了，上岸就头晕
一个艄公最好的死法
是死在海里

面海歌

如果要修行
面朝大海，肯定比面壁更好
面对一排又一排逼债似的的波涛
没有人不把心底的杂念
一一交出。没有人
不在心中清理出一块干净的地盘
安放这蔚蓝和辽阔
海鸥带来闪电，潮声引来雷霆
没有人不为自己的过失忏悔
帆在修剪浪花，鲸在放牧白云
不知你想成为哪一朵

守夜人

天蓝了，海蓝了，该蓝的都蓝了
云白了，鸟白了，该白的都白了
守夜人，从小木屋的窗口探出头来
眯着眼睛，看
狗吠声中的闯入者

守夜人，世上最好的职业
与海相依为命，命里都是水
梦里也有鱼儿追赶
刚从洋家村升起的太阳，照耀着
他的木屋和网箱，也照耀着
他原生态的笑容

不是每一片落叶都要归根

几片红树的叶子
在波浪上起伏，像小小的船

海水下面是故乡，红树林秘密成长
阳光照着树梢上一群丁公鱼飞翔的身影

认大地作故乡，你就坠落
认天空作故乡，你就飘零
认大海作故乡，你将远航
几片红树的叶子
跟着波涛走向远方

水边书

慈爱的大海
把几条鲻鱼抛到岸上
又一条一条地
接住

一只长脚海鸟
佯装在水边漫步
眼睛，贼溜溜乱转

一个浪，出其不意
打湿了它的羽毛

一朵云坐在海面上

一朵云坐在海面上
以海为镜，修改自己
它把黑改成灰，把灰改成白，把白改成更白
仿佛连思想也没有的白，才能配得上
背后那块蔚蓝。仿佛要让我明白
这些年我轻易写下的“白云”两个字
有多少错误需要修改

死去的浪

退潮之后
那些无法回到大海的浪
已经没了呼吸，死去多时
它们在沙地上保留着汹涌的姿势
这些浪在撤退的时候搁浅了
再无法回到大海里
只能在阳光下
静静等待下一次涨潮
唤醒它们的灵魂

安静的人

我有一间海边的房子
外墙贴着蚝壳
粗糙的表面正好让厚藤攀爬而上
在窗户的画框里
有时下雨，有时刮风
更多的是晴天丽日
那么多船闯进来又消失了
船上有人手搭凉棚向我眺望
但他们只是望见
海边有一间爬满厚藤的房子
他们不知道这间屋子里
住着一个安静的人

海平线

没有风
大海也要晃荡出几朵浪花
让一朵追赶另一朵
这么辽阔的大海
如果一点动静都没有
那肯定有什么事情要发生
这时候，你盯着海面
不是有鱼儿跃出水面
就是有白帆拱破海平线
远远地回来

白沙洲

退潮后，我蹚过海沟
到白沙洲上刨白螺，挖沙虫
直到日头落水，直到潮水淹没白沙洲
我站在海水中
向停泊在海沟里的船呼救
每次都会有人解开小艇
划过来把我送回岸上。但今天
我必须在海水淹没白沙洲之前回到岸上
海沟里已经没有船
我也错过了
把危险当游戏的年龄

蟛蜞岛

那个下午，我独自来到蟛蜞岛
蟛蜞们在石头上忙碌着
不时地发出哒哒哒的响声
见到我，它们转瞬便消失得无踪无影
对于我这个庞然大物
它们充满了畏惧
那个下午，我在一块石头上
坐成一块石头
不理会潮水的涨落
也不计较影子的长短
蟛蜞们恢复了秩序
有一只还沿着裤管爬到我身上
蟛蜞们在这个乱石堆成的小岛上
度过微不足道的一生
但它们也是大海的一部分

海边小庙

我们都有把握不住的命运
也有能力所不及的远方
久居海边，我们都知道
再高的波涛，也有风平浪静的海底
再平静的海面，也有奔涌的暗流
你有面朝大海的房子
可以沿着粼粼波光抵达天上
我有碧波万顷
那是星辰居住的故乡

涨　潮

五只白鹭栖在五根树枝上
五只白鹭栖在四根树枝上
五只白鹭栖在三根树枝上
五只白鹭栖在两根树枝上
五只白鹭栖在一根树枝上

最后一根红树的树枝被海水淹没时
五只白鹭，像五朵浪花
溅到天空上

海水稻

我看得出大海的辽阔
我看得出稻子的决绝

它们不是逃亡
是回家

回到大海，回到大海
落日每天都可以让它们成熟一次

在我与长芒海水稻对视的瞬间
我读出了它们心中的波涛

鱼　雨

三叔说，那天他和三婶出海
忙了半天没有抓到一条鱼
他们干脆在船上搂着睡觉
梦中，有人拿鞭子抽打他们
三叔喊："我搂的是我老婆"
他们惊醒后一看
鲻鱼从天而降，源源不断
落在船板上，落在三叔和三婶身上
鲻鱼挣扎着，用头和尾
拍打着船板
发出咚咚的响声

海蜇之死

一只海蜇死在沙滩上
透明的身体里全是海水
从事发现场看，它可能是累死的
它凭一己之力
把一块大海拖到岸上
我用脚指头顶了顶它的身体
确认它已经死了
但它还抱着大海不放
不像旁边那条泥猛鱼
死了，就与大海划清界限
干涸的眼眶里充满怨恨

盗海记

生在海边，海盗梦与生俱来
想想都爽啊，跟那些两肋插刀的哥们
拜过天地，拜过妈祖，拜过石狗公
登上海盗船，升起海盗旗，向大海出发
那感觉，比侠客策马驰过草原
去完成一个收复失地的壮举更过瘾
大海辽阔得没有方向。我
可以学学郑芝龙，学学张保仔，学学乌石二
把海盗发展成一种职业，增加就业，拉动 GDP
也可以学学郑一嫂，反串海上女霸王
就是不学顾大嫂，他们那个水浒太小了
一百零八个英雄在一个池子里搅浑水
舒展不了手脚，真的是在浪里白跳了
还好意思请来两个写手，灌水成一部畅销书
看看我们的南中国海，向西南可过马六甲海峡
出印度洋。向东北可过宫古海峡，出第一岛链
我要在那些美丽的海岛，建据点，挖藏宝洞

我心无边，想象力几天也无法靠岸
我还要开微博，直播我们波澜壮阔的生活
想想多过瘾啊，我心早已出发
身却背叛大海。我只好沿着沈海高速远走他乡
而海，时常在梦中掀起热带风暴
原来，我早已是个大海盗，盗走了一片海
它成了我后半生再也无法放下的行李

借火记

两朵渔火正在走近
一朵是三棱油灯，另一朵也是三棱油灯

他递给他一支烟
向他借火
他们不说一句话

他们继续往前走
他向东，他向西
他赶他的沙尖鱼，他找他的石头蟹

那晚，整个北部湾
只有两朵渔火

苦楝花与青鳞鱼

那年春天，大旱
黄槿树不开花，相思树不开花
苦楝花却爆满枝头。半夜
三叔敲着小学校里那只用炸弹壳做成的钟
喊醒全村人到海边舀青鳞鱼
我和父亲挑着谷篮来到海边时
海岸边铺着一条又长又宽的白线
青鳞鱼跃出水面吞食月色
带来了春天青草的气息
我们把一担担青鳞鱼挑回家
母亲洗净家里所有坛子
把青鳞鱼放入坛子里
加入萝卜干，用草木灰封了坛盖
一坛坛排列在茅草屋的檐下
那一年，青鳞鱼成了我们的粮食
那一年，苦楝花爆满枝头

墨鱼之歌

墨鱼如果有文凭
肯定是个博士
它们一辈子都在做学问
它们随身携带海螵蛸当粉笔
时刻准备着教书育人
遇到危险时
它们用肚里的学问与敌人做交易
可换回一命。父亲看中的
正是它们满肚子墨水
可以用来给我和哥哥练毛笔字
也可以压进木工墨斗里
从一块木头中
找出最正直的那一部分
在雷州半岛
墨鱼有着至高的地位
清明节，大海里的生灵
只有墨鱼才有资格游上祖宗的墓头

劈螺记

一定是被谁逼急了
指甲螺像子弹一样射进坚硬的礁石中
礁石的表面，布满了弹孔
弹孔终究是危险的通道
礁石被劈开的一瞬间
指甲螺才意识到自己被闪电击中
它们柔软的身体敏感地收缩了一下
喷出一支细小的水柱
这是它们对这个世界所能表达的最大抗议
但它们却被一个同样在生活深处的人
用两片指甲，轻易夹了出来
那块礁石更加无辜
一下子轰然崩塌，落入海水之中

放蜂记

五月，海桐花开遍大海
我和三叔撑着木船
把十万只蜜蜂送到海桐花的花蕊上
星星点点的海桐花，像溅到叶子上的浪花
十万只蜜蜂，十万个空降兵
开始与潮水争夺甜蜜
蜜蜂们在蜂箱与花朵之间穿梭往返
潮水不断地上涨，水面上的花朵越来越少
直到最后一朵海桐花被海水淹没
直到最后一只蜜蜂回到蜂箱里
夕阳斜照的海面上
只剩下一艘满载甜蜜和花香的木船

九　月

大海一再后退
为的是让我们收获得更多一些
母亲在打蚝，一只白鹭
跟在她的背后啄食蚝壳上的蚝筋
我在沙地上刨螺，招潮蟹衔土挖洞
重建它们的家园
螺已满筐，蚝肉已经从碗里溢出来
在回家的路上，我们顺便
采摘一草笠红树果子
我们爬上高高的堵海大堤
回头一看，滩涂上一片金黄
大海还未涨潮

独自歌唱

午后，涛声静下来
孩子们的喧闹声也静了下来
我在黄槿树下的网床里昏昏欲睡
虫子细细的叫声，从一截旧苦楝木中传出
时断时续，仿佛来自远古
哪怕我弄出很小的声响，它都会按下暂停键
等四周完全寂静，它才敢继续它的歌唱
我认识这种虫子，年轻时劈柴
当斧头把这些又白又胖的小家伙暴露在阳光下
它们很快就被老母鸡叼走喂小鸡
世界太大，它们无力改变的地方太多
只好选择一条坚硬的道路
在黑暗中独自歌唱

庭院与村巷

1

庭院里那口大水缸
有水时
月亮躲在里面
无水时
我躲在里面

2

奶奶织网时
几只小鸡衔着线头玩
把一张渔网
搞得错漏百出

3

麻风乞丐站在门口

母亲给他半瓢番薯丝

剩下几条

喂小鸡

4

我把牛弄丢了

回家时

它已在门口等我

5

两条狗在交配

它们排成“一”字

横在村巷上

挡住我上学的路

6

凌晨三点

有人在村巷中叫卖鱼

他卖的是

一担星光

7

回到故乡

三伯叫我的乳名

却被一个小男孩

抢答了

盐家族

1

父亲打开水闸
海水涌进了盐田
鱼群和波涛
被拒绝在堤坝之外

2

被扣留的海，正在接受
太阳的拷问和北风的鞭子
海水交出盐，穿过天堂的通道
回到大海的故乡

3

台风之夜，父亲和他的工友们
堵上拦海大堤每一个缺口
大海无法解救盐田里的海水
掀起怒潮拍打海岸

4

父亲用食指蘸着卤水
点到舌头上
立即显示出卤水的波美度
父亲是盐的领路人

5

凌晨四点的盐田
刨盐的人，铲盐的人，推着独轮车的人
灯光把每一个盐工的身影
投射到黎明的天幕上

6

母亲搅动卤水
不让盐粒野蛮生长
把稻草盖在盐堆上
给盐一个遮风挡雨的家
我和盐
有一个共同的母亲

7

我像一棵会走路的盐蒿草

在盐田堤坝上游荡

趁无人时偷偷踩动水车

把卤水引上结晶池

8

运盐船已消失在波涛之外

我伪装成一支拴船桩

偷听盐对海的呼唤

和海对盐的叮嘱

9

我坐在高高的盐堆上

仰望天空

直到晚霞褪色

银河结晶出盐粒

10

从虚到实

从无形到有形

盐构建了自己的美学体系

有了参与生活的权利

11

甜酸苦辣都可以翻过日历
只有盐
生活在每一个日子之中
成为生活的哲学家

12

孟子说，“胶鬲举于鱼盐之中”
我信。二月河说，“长城是盐筑的”
我也信。谁也无法否认
盐养人，也养江山

13

“吴盐如花皎白雪。持盐把酒但饮之”
这是盐在李白舌尖上打转
“蜀麻吴盐古自通，万斛之舟行若风”
这是运盐船经过杜甫眼前时的壮观画面
“盐呀，盐呀，给我一把盐呀！”
痖弦隔着海峡喊出了孤独

14

盐是每个人的过客
当它从我的血管撤离时
我也必须撤出
生活的现场

15

我从骨头里掏出盐
请雨水交给河流
请河流还给大海
盐，完成一出《还魂记》

16

没有盐的海
不是海
没有盐的人间
也不是人间

卷二 潮汐图

热带也有冬天

海浪改变了涌动的方向
开始怀念更遥远的南方
北风翻山越岭来到雷州半岛
误把甘蔗林当成北方的青纱帐
一阵又一阵闯入蔗林深处
被砍蔗的镰刀割得支离破碎
鹧鸪一声高一声低地向刚刚抵达半岛的候鸟
传授在热带过冬的规则
旧树叶能用就用，不像北方的树木
一年浪费一次。新树叶也不必等待春天
什么时候想长就长。207 国道两旁的桉树
只要你给它一个伤疤，它就为你长出新枝
也有少数苦命树木，如苦楝
没有一片叶子肯留下来陪它过冬
无奈地揭露了枝头的鸟巢
在半岛，除了这些
冬天没有实质内容

更多的时候，冬天只是一个概念
提醒出门远行的人，该回家了

一个异乡人说起雷州半岛

当沈海高速和兰海高速合二为一
地窄了，天空也跟着拥堵起来
南飞的白面鸟丢下危险的影子

台风过后是春天
万物忙着发芽，长叶，重新站立起来
云朵后面有个糊涂的法庭
雷劈坏人，也劈好人

找到传说中那间椰叶屋我就不走了
白天，在屋子后面的菠萝地和香蕉园里劳作
傍晚，看日落北部湾
夜里，听木瓜从树上坠落
打断星星的低语

火车驶在海面上

火车驶在海面上
那些差异不大的脸孔，挂着
差异不大的表情
随意撒在甲板上

有人站在船尾
看浪花推开大陆
有人站在船头
学《泰坦尼克号》

海水下面是海水
海水自有它的软实力
铁载着铁，载着不同乡音的人们
和他们共同的目标
今天，他们的目标远在天涯

在中国大陆最南端

大地止步的地方
海开始出发

礁石试图蹚过海水
延伸大地的梦想
像人群之中的勇者

我坚信，惊涛下面
大地依然前行
坚实的大地
承载着我
也能承载着大海
大地会在我意想不到的远方
抬起她高昂的头
与我遥遥相望

潮汐图

月亮是一块巨大的磁铁，悬挂在头顶
海浪开始爬坡，占领更多的高地
海水填补所有的空隙，给鲻鱼和泥猛留下更大的空间
潮水已经涨到古庙的门口，三叔扛着渔网走向大海
一艘木船在波浪中起伏，它无法挣脱身上的麻绳
海面上澄波万里，父亲升起水闸开始纳潮

星　空

陌生人，如果你的星空用旧了
赶快到斜阳岛刷新
让海风吹去旧星空的烟尘
让斜阳岛夜空这块巨大的磨刀石
磨亮北斗星的银勺子，天狼星的大眼睛
让你的仙女座清纯如初，巨蟹座生猛依然
也为那些，丢了光芒的星星
重新安装上小小的锋芒
不能老让它们像即将没油的灯
随时被风吹灭

在这星星的故乡
也许你还能找回失踪多年的那颗
让它重新回到自己的位置

陌生人，你刷新了的星空
扩大了内存，变成了高清

但这些钻石般的光芒
不能照亮你的远大前程
只能点燃你内心深处那盏
小小的灯

斜阳照在斜阳岛上

斜阳照在斜阳岛上
那是斜阳回到了它的家
斜阳照着院子里的渔网和筛子上的鱼干
斜阳照着晒太阳的阿嬷和她脚下的猫
斜阳照着门前的细叶榕、黄槿树和木瓜树
斜阳照着草地上静静吃草的牛群
斜阳沿着两边长满仙人掌的小路
一直照到小岛南端的码头
斜阳照着老杨的旧渔船
也照着小杨刚从涠洲岛开回来的快艇
以及从快艇上下来的露营人
斜阳照着层层叠叠的火山石
一直照到悬崖下面的海里
热带鱼在发绿的海水中游来游去
个个快活得像神仙
斜阳从来不照崖壁上那几个幽深的洞穴
斜阳要为斜阳岛
保守一些秘密

热带雨林

槟榔你要长多高就长吧，但别把天空刺痛
木棉你要开花就开吧，不要在乎是否有人把你当成英雄
多情的藤蔓，你看上了谁就死命抱住
像溪水爱上卵石一样
那些低矮的蕨类植物，长着自信的叶子
——快乐的阳光不需要太多
高贵如黄花梨，贫贱如没有名字的灌木
都以树的名义享受风的自由，云的宗教，雨的盛宴
在这里，时间是用来浪费的
我耐心等待一片叶子把阳光传递给另一片叶子
学会享受河水从根部慢慢爬上树梢
猿猴和鹧鸪的鸣叫，是一棵树通向另一棵树的道路
在这里，没有一棵树要向另一棵树学习
只有我，脸上挂满绿色的表情
不小心成了最新的一棵

十字浪

琼州海峡推出一排浪，写下横
北部湾也跟着推过来一排浪，写下竖
一个十字需要两个大海才能写成
一个十字在伸入大海的沙丘上放大，消失
另一个十字又将被写成
直到海水淹没沙丘
只剩下那块刻着“合水线”三个字的石头
两个大海还在海水下面书写
横清澈，竖浑浊
横温暖，竖微凉

落　日

在南极村，落日是必须写的
但从来没有人能够写好它
我也不能。我只好拍下
它落水瞬间的视频，发给你
即使你没有来过南极村，也知道
为什么，日头每天都要落水
为什么，没有人能够让它回头

一声清响

白骨壤，红海榄，桐花，秋茄
这群海边女人，在特呈岛
一住就是五百年

浪里洗脚，岸上晾衣
对我这个迟到者
她们不欢迎也不拒绝
就像她们从来不拒绝
跳跳鱼、沙虫、海豆芽和招潮蟹
不拒绝渔船和赶海人
不拒绝栖在身上的海鸟和它们的歌声
大海在等待落日
海鸥在等待违反交通规则的鱼
我在等待红树胚胎落水的

一声清响

白茅海的风车

我们到达白茅海时
太阳已经消失在木麻黄后面
波浪正在把夜幕推上岸
风车排着队走向大海
它们要向大海借光
大海让海风
把光交给走在最前面的风车
风车们一架接一架地
把光传递到岸上
然后交给山坡上最高的那架
由它把万家灯火
一盏一盏点亮

硇洲岛

香蕉性寒，怕冷
因此它们爱上了这个火山岛
地下涌动的火
顺着火龙果变异的枝条
集结成一团团火球
白天的太阳，夜晚的灯光
还在源源不断地给它们提供
火，火，火

大海那么深
不是恨，就是爱
人海那么蓝
因为它见过兴亡

今夜，繁星满天
像园里的火龙果
那么低，那么大，随便你摘

仿佛伤口在我身上

在海龟救助站，一只红海龟
背着自己的伤口爬行。像地球
背着自己的大裂谷艰难转动
渔船的螺旋桨差点把它劈成两半
壳上留下了鸡蛋大的长长裂口
救护人员给它的伤口涂上红药水
让人看起来更加惊心动魄
但它看不到自己的伤口
在与我对视的时候
它的眼神宁静，好像在安慰我
仿佛伤口在我身上

那晏海石滩

一见到这些慌乱的石头
我就想起七百多年前
南宋小朝廷从这里撤离时的情景
你看，那些大块头的石头
显然是身居高位的文武百官
那些夹杂其间的小石块
就是成千上万的将士和黎民百姓
那块被巨石簇拥着的小石头
怎么看都像是在岛上登基的小皇帝
他们知道，硇洲岛
也不是他们的救命稻草
他们站在茫茫的海边
茫然地等待渡海的船只，也等待着
王朝和自己最后的命运
海水蓝得发青，像一部史书的封面
一排又一排席卷而来的海浪
是迎面而来的蒙古骑兵

他们站在海边，望着翻飞的海鸥

抱紧最后的幻想

夜宿存亮湾

木星陪着月亮，月亮陪着我
我举着手机拍照时
差点把它们碰落

海水淹没了白天的石头
波浪爬到民宿的脚下
显然，海知道我住在这里

我五点半起床看日出
六点半太阳才从海上升起
显然，太阳并不知道
我这么早起来等它

在火山岩海岸

拨开茂密的草海桐爬下悬崖
我看见崖壁下面
大海呼啸着，咆哮着，怒吼着
一次又一次地把自己摔在石头上
那么狠，那么重，那么不计后果
仿佛摔的不是它自己
刚才，我从崖顶眺望大海
大海平和、辽阔、宠辱不惊
像一个温厚的老父亲
但在这无人的地方，大海
那么痛苦，那么无助
狠狠地把自己摔在悬崖上
把一个绝望摔在另一个绝望上
与我在崖顶看到的大海
是两个不同的大海

江洪渔港

人潮代替海水，淹没了码头上的鱼
我不卖鱼，也不买鱼
我在鱼和人的缝隙中游来游去
只是为了看看人们与大海
怎样进行等价交换
鱼、虾和螃蟹
是他们通用的货币

我向卖鱼人打听
认识的鱼的价格和不认识的鱼的名字
鱼躺在筐里或水泥地板上
用[illegible]只眼睛看着我
身上淌着海水

一个年轻的母亲
右手提着一大袋三毛鱼
左手拉着孩子

我像一条多余的鱼

堵塞了她的去路

她干脆把孩子扛在肩上

侧着身子从我前面通过

大海就在身边，而我

却在岸上寻找一条失踪多年的鱼

小鱼的命运

小到可以忽略它们的名字和形状
小到不必以“条”作为量词
它们无数次从大鱼的口中逃脱
却没能穿过最大的网眼
它们实在太小了
小到装不下世间最小的仇恨
在江洪渔港，它们被一双有力的手
用铁铲从船舱铲到塑料筐里
一筐一筐地叠在码头上
那么整齐，那么壮观
好像在等待谁来检阅
船主说，它们将以饲料的名义
重新回到大海
把另外一些鱼养大
看来它们还是没法逃脱大鱼之口

七月雪

从冰柜车上滑下来的巨大的冰砖
被碎冰机咬成了雪
机器大幅度的震动和巨大的响声
使整个过程显得有点壮烈
更让人感到壮烈的是
载着满船雪花的快艇向一艘渔船开去时
被七月阳光反射回来的白光
这些雪将用来覆盖捕捞上来的鱼
让它们像活着一样死去

海陵岛

落日已够悲壮
它从张世杰陵墓后面的丛林间
回过头来，更让人心底悲凉
沉船已经到达
这时候，你还在哪里
隔着水晶宫的玻璃
波浪佯装平静
来到岸边突然站起来
看来，每一条波浪都有话要说
防波堤只修了一半
渔船已塞满港口
从船上搬下来的一筐筐带鱼
闪着银光，那是刚打造好的剑
大海深处，隐藏着一座
冷兵器时代的兵工厂

渔港之夜

到香洲渔港已是晚上十一点
唐老四摇着小艇接我上了他的渔船
甲板上，酒菜已经摆好
红蟹和狗爪螺是在桂山岛那边捞来的
烧猪肉和米酒是从朝阳市场买来的
闸坡的老李从左边的渔船翻过来
惠来的强哥从右边的渔船爬上来
他们是唐老四的好弟兄
他们身上都有一股浓浓的鱼腥味
今天，是唐老四七十岁的生日
月好，风好，波浪也恰到好处
这样的夜晚，适合饮酒
也适合，在酒醉中慢慢老去
唐老四把我们仨叫来，陪他喝酒
分享他与海的风流事，明天
买船的人就过来把他的渔船开走了
喝酒之前，唐老四向大海作了忏悔和告别

他在船头摆了三碗酒
点了三支蜡烛，六支香
对海，对月，一拜，再拜
三拜时，他顺势趴倒在甲板上再也不起来
等我把他扶起时，他的脸上
两行老泪，在月光下闪着光。之后
我们开始大碗喝酒，大口吃肉
米酒纯正，醉人而不知
养在船上的老黄狗，吃了主人的呕吐物
也醉了。甲板上
躺着四个男人和一条狗
天上，月已西斜

去岭南

去岭南，要趁早
最好在唐朝或宋朝
你来迟了，山被他们爬过了
海被他们渡过了
荔枝被他们吃过了
天上那轮明月也被他们望过了
你来迟了，只好看看他们的祠堂
念念他们的诗文
去岭南，要趁好政策还未实施
你就把自己贬过来
我已在陶陶居沏好茶等你
还有虾饺、凤爪、红米肠……

“明斯克”号航母

在沙头角的海边，“明斯克”号航母
像一个患了老年痴呆症的将军

纵横四海的时光
只剩下墙上的黑白相片

战争无非是指挥室里的游戏
军火库成了表演滑稽剧的舞台

当航母成了游客照相的背景
导弹发射架正好让海鸥停泊

烟　花

九点整，烟花准时爬上维多利亚港的上空
我们夹在人群中仰望夜空的璀璨
九点二十分，花事已尽
我们随人流灌进尖沙咀地铁站
回到中环的好莱坞酒店时
电视上已经打捞起许多遇难者遗体
他们从南丫岛赶来
与我们一样要去看烟花
只是我们准时到达了
他们却永远在路上
我只好对着电视告诉他们
维多利亚港的烟花
的确很美

珠江口

在珠江下游的岸边生活了十多年
我真的不知道珠江口在哪里
那些从云南、贵州、广西、湖南、江西来的水
流入同一个名字中。就像
云南人、贵州人、广西人、湖南人、江西人
来到三角洲都成了广东人
这些水得到珠江这个名字后
又分别从虎门、蕉门、崖门、横门
洪奇门、磨刀门、鸡啼门、虎跳门
流入大海。我只能这样告诉你
在三角洲，每一滴水都叫珠江
每一片海都有它们的入海口

海鸥岛绝句

不要纠结海鸥岛有没有海鸥
不要猜测远洋轮船集装箱里装的是什么
当你看到一滴淡水爱上一滴咸水
你就会明白它为什么奔跑 2214 公里来到这里

过伶仃洋

固体的祖国把我交给液体的祖国
粤语和普通话成了一只饺子里的馅
渡轮启航了。背后，珠海和澳门
灯光连成一片。舷窗的右侧
暮光中的港珠澳大桥像一把梳子
在梳理波浪。天上
不时有飞机飞过，在星辰居住的祖国
有过伶仃洋的第三条道路
绕过几座沉默的小岛，渡轮
驶进一片广阔的海域
船长，请注意避让
前方远洋轮船上集装箱砌了一段长城
吃水线在低头吃水
坐在我左边的是一个少妇
正一字一句地教她的儿子背诵文天祥
那个南宋孤儿，一生与死亡作对
死亡，也真的放过了他

此后，他一直把时间当作祖国
把过伶仃洋，当作职业
终于把一条险途走成大道
前方，灯火被一再放大
暴露了大地的真相
彼岸，已成此岸

双月湾

爬到山腰已经很累了
半路上我们拦截了一辆“摩的”搭上山顶
爬上最高的山峰，登上最高的石头看海
第一次把这个地方叫作双月湾的人
肯定也是站在我的位置
脱口喊出这个名字

两个蓝月亮背靠背
它们在蓝天的注视下小心地涌动
东边，海浪像白色的蝌蚪游出月亮的边缘
西边，飞艇拉开月亮蓝色衣裳上的拉链
两个月亮的空隙，是人间
无数窗口正在注视着我
但我已找不到昨晚居住的民宿
港湾里的渔船，还在梦中追赶昨天的鱼群

从东边吹过来的，是涛声

从西边吹过来的，也是涛声

山很小，人更小

我与山，被蓝天和大海

紧紧地抱住

巽寮湾的早晨

在湾畔度假酒店九楼阳台上
我看着地球把昨天倒过来的水
又一瓢一瓢地还回去
有人在沙滩上寻找昨天的脚印
他们发现，一切已是徒劳
海鸥飞过时，停泊在海面上的快艇
像水蟑螂一样东躲西闪
一个晨泳的人假装溺水
他的狗跳进海里把他拖上了岸
浮桥码头钓鱼人的鱼竿一弯
他钓起来的竟是
昨晚在海里游泳时忘记上岸的我

斜阳岛

褐色的熔岩仿佛刚从地心喷出来
仿佛刚刚被海水凝固成悬崖
我用手一摸，好像余温还在
谁也说不准
这座拥有巨大爆发力的年轻火山
什么时候突然醒过来，像疯子
又一次冲破厚厚的地壳
岛屿中部凹陷的地方
是草木掩饰的火山口
几十户人家随意散落其间
村民们养牛捕鱼
种植玉米、番薯和花生
在巴掌大的小岛上
心满意足地度过漫长的一生
好像他们不知道
自己每天都是生活在火山口上

一滴水书屋

我刚进来时
浪在屋外涌动，字在纸上休息
我从环形的书架上
取下一本书坐在落地玻璃边阅读
纸慢慢变蓝，成为海
爱恨情仇的细节也舒展成蓝天
任海鸥自由自在地飞翔
我读完了一本书后
窗外的海已经平静下来
看上去像一本蓝色封面的书
正在等待谁去阅读
日落时分，我离开书屋
沿着白色的石阶走到山下时
回头一望
一滴水书屋悬挂在悬崖上
随时滴入大海

木桩与白鹭

晚饭后，我来到狮子洋岸边散步
看到一片红树林后面的海面上
有六支木桩，每支木桩的上面
都栖着一只白鹭
它们在木桩上停留了很长时间
在休息，或在思考着什么
反正它们没有要飞走的意思
我理解为，这六支木桩
是有人专门为这六只白鹭而打在水面的
我也可以理解为，这六只白鹭
是专门为这六支木桩而从很远的地方飞来
第二次我来到这里时
这六支木桩上只栖着三只白鹭
它们间隔着栖在木桩上
空出身边的位置等待着另外三只
我第三次来到这里时
六支木桩上已经空空荡荡

看上去像一个省略号
省略了它们上面的白鹭

三无船只拆解处

从巽寮湾到双月湾的路边
竖立着一块铁皮牌子
上面写着“三无船只拆解处”
我顺着箭头来到海湾边
湾里杂七杂八地堆叠着
数百艘铁壳船、玻璃钢船和木船
显然，大海已经把它们抛弃

它们你踩着我，我叠着你
像一大堆纠缠不清的道理
有人正在把木船的船板
一块一块地拆下来
有人开着机器碾压铁壳船
他们要把这些船拆成
与“船”这个词再没有任何关系

回来的路上，我把铁皮牌子上的字拆开

三无、船只、拆解、处

我感觉到每一个词都有点疼

高桩舞狮

那天我在莲花山广场
看高桩舞狮
狮子踩着鼓点
跃上高高的钢桩
每一步都是绝壁
我蹲下来拍摄视频时
看到那只越爬越高的狮子
竟把深圳中轴线上的
地王大厦、国贸大厦、京基 100 和平安金融中心
当作它的钢桩
左一脚右一脚地
踩着它们舞蹈
狮子的背后，彩霞满天

在蕉门

我不知道，是先有这片芭蕉
这里才叫蕉门
还是因为这里叫蕉门
才有人沿着河岸种上了芭蕉

我们沿着河岸走
脚步惊起了
蕉林后面池塘里的一群白鹭
它们飞过芭蕉和我们的头顶后
俯冲到波光粼粼的江面上

白鹭贴着水面飞
直到江水成为海水
直到翅膀成为波光

防波堤

就要靠岸了，波浪
欢呼着扑过来
它们不知道，防波堤
以瘦骨嶙峋的形象诱骗它们
来不及喊痛
它们便找不到自己

前面的波浪刚刚消失
后面的波浪又跟了上来
防波堤是一条专门吞吃波浪的怪兽
多少波浪都填不饱它的胃口

防波堤的尽头，有人在钓鱼
他过于专注大海中的浮漂
不知道他的影子被防波堤的牙齿
越啃越短

大船进港记

四十万吨，这是它运载的铁矿石的重量
二十三米，这是我看见船身上吃水线的刻度
一座矿山倒挂在海平面

六艘拖船从不同侧面
拉、推、顶，像六只蚂蚁
搬运比它们的身体大几百倍的食物

大船慢慢靠岸
铁找到了铁，石头找到了石头
美洲找到了亚洲

船上的货物，将从这里
被分运到钢铁厂炼成钢铁
或许用来制造轮船
继续在大海上航行
或许用来制造一枚钉子
悬挂一幅风景画

日　出

按照我与太阳的约定
太阳准时来到硇洲岛与我会面
太阳像一只红章鱼
最先露出半个光头
然后用爪子爬到天上
从一幅没有主题的风景画中
概括出中心思想

太阳每天都会升起
但太阳每天从哪里升起
向来都是由我说了算
有时候从山巅
有时候从海上
有时候从楼顶
还有几次是从飞机上
这么多年，太阳都是听我的
如果我不指定地点

太阳就把“日出”这个仪式删除

直接跳到半空中

在雷州湾遇见白海豚

从渔排回来的路上
四只白海豚跃出海面
追赶它们制造出来的浪花

我们把船停下，把马达熄火
我望着白海豚的时候
它们也望着我
我看见白海豚的眼睛中
也有我眼中的那片蓝

它们追赶，跳跃，并不在乎我们的存在
直到最后潜入水底
直到我的眼里只留下四条白色的影子

白海豚的白
跟浪花的白、白云的白是一样的
是中国画最纯净的底色
这种白，不需要涂上任何颜料

海岸日记民宿

大海是他们家的院子
白云是院子的围墙
他们在院子里
养鱼，养虾，养蟹，堆放石头和船只
他们的院子很大
可供日月升起和降落

夜里，硇洲岛的天空很低
在他们家五楼的阳台上
伸手就能摸到天空
满天的星星随便你摘

民宿主人是年轻的兄弟俩
只要你愿意
他们可以带你去赶海
海参的柔软
海胆令人望而生畏的刺

都可能是你的收获

就算你被螃蟹夹住手指头

“哎呀”一声

那也是幸福的尖叫

坐着牛车去看珊瑚

秋天的大海，珊瑚开得正肥
我们坐着牛车去看珊瑚
黄牛蹚着海水，车轮卷起浪花
我们坐在牛车上谈论荒岛和陶潜
仿佛在走向大地的秋天
嘘！快到珊瑚花园时
赶车的老杨把食指放在唇边
示意我们不能大声说话
蓝天高远，海水清浅
珊瑚正在水底晒太阳
我们低头看珊瑚时
也看到自己的脸
在大海中盛开

南澳环岛游

我们来到南澳大桥时，鹰
这些会飞的神，开始当我们的导游
上岛回首，对岸山顶和高楼都飘浮在半空中
原来，我们刚从神仙居住的地方走过

山把我们的汽车别在腰间旋转
路在玩曲水流觞。海水
爬到礁石上招手，叫我们停下来

巨石蹲在悬崖边
望着海与天
思考着沉重的问题
灯塔小清新，小文艺
我们与它合影
把它移植到心里

车过渔港时

一筐一筐章鱼正被搬上岸
它们运用缩骨术实施最后的逃亡
章鱼的徒劳
被桅杆上那只白鹭看在眼里

养殖珍珠的人，无意间给大海
铺上七彩云霞。导致夕阳不知道
今晚，该从哪里落水

回到南澳大桥时
我们完成一次闭环的旅程
鹰在头顶，送我们出岛

南澳岛露营记

天上过于拥挤，我稍微侧身
银河就流入大海
我拉下缀满补丁的天空盖在身上

波涛在身边唠叨
紧要的事情说了一遍又一遍
风车在黛色的山上打着手语
我不知道它们在说什么

睡梦中，风把我连同帐篷吹到水边
成了一条困在网里的鱼
我赶忙夺路而逃，躲进汽车里
听了半夜风和雨
山顶的风车，飞快地旋转
像一群捉妖师

早晨，我身上穿着的汽车已经冰冷

阳光打在冷空气控制的大海面上

清新，明丽，仿佛这个世界刚刚诞生

北回归线标志塔

太阳也有故乡，每年
它一踏上南澳岛，就会掉头回家
它从来不肯多走一步
我来到这里时，太阳已经走在回家的路上
我又失去了一次仰视它的机会
这座被称为“自然之门”的建筑物
用两只巨大的手举着地球
好像要把地球还给天空
在北纬 23° 26′，有一个圆孔
我站在圆孔下向上望
一块圆形的天空静静地蓝着
等待太阳归来

东海日出

在舟山群岛
我拍下东海日出的视频
发给在北部湾畔的妻子
并给她留言
“我已快递太阳一枚
今晚到达北部湾
请留意签收”

黄花鱼的叫声

许多年前，我钓到一条黄花鱼
它仰着头，朝我“嘎嘎”地叫了两声
我心一惊，手一抖
它挣脱我的手，回到了海里
这是我第一次听到鱼说话
不管它在说什么
都是大海最好听的声音
此后，我再也没有钓到黄花鱼
但我每次来到海边
耳边总是响着“嘎嘎”的声音
但这不是黄花鱼的叫声
有时候是海鸥在鸣叫
有时候从我的喉咙里突然冒出来

像跳跳鱼一样生活

如果生活陷入了泥潭
你就做一条跳跳鱼，以鳍为手
爬到树上，登高远眺
让眼球突出脸庞之外，扩大视野
学会用身体打水漂
举起自己从水面上走过
你还要学会在淤泥里挖地道
随时与渔人打地道战
又要防止白鹭和海鸥的空袭
在阳光下享受生活
也要伪装成长满青苔的珊瑚骨
像一段孤独，搁在淤泥上

关于鲎的死亡报告

1

活成一个“命”字
几亿年来，鲎每天都在
自己的笔画里挣扎

2

白鹭用爪子刨开沙土
一粒一粒地啄吃
混在沙子之中的鲎卵
它们的结论是
有些沙子很好吃

3

男孩阻住爬向大海的小鲎
把它带回家
放在鱼缸里喂养
他想让小鲎长大后
爱上他的金鱼

4

鲎竖起尾巴与渔人决斗
几个回合之后
胜利者倒提它的尾巴
让它看这个颠倒的世界

5

雷州有谚

一狗，二鲎，三海豆芽，四花生

在下酒菜中，鲎排名第二

喝完酒后

他们用鲎壳盛水喂鸡

6

母鲎被抓，公鲎去救

是爱

公鲎被抓，母鲎逃走

是大爱

7

一只被放生的鲎
怀着感恩的心游回大海
等待它的却是
另一张网

8

临港工业园的工地上
几只乌鸦在土堆上
啄吃一只母鲎的尸体
它们每咽下一口
都抬起头来看我一眼

9

完成第十七次脱壳后
一只鲎抱着自己柔软的身体
在沙滩上晒太阳
一只野狗走过来
把它叼走了

10

十万只鲎撅着屁股
被抽血
它们的眼睛
瞥见瓶子里的蓝色血液
以为大海还在身后

11

在海洋王国

一只鲎隔着玻璃与我对视

那是一部遥远的纪录片

其实它已经死去多年

12

若干年后

有人指着这首诗说

你看，这家伙

见过鲎，吃过鲎

卷三 造船史

谷歌星空

手机是一个黑洞
整个宇宙掉进屏幕里
发出吱吱的声音

月亮、冥王星、火星、金星、土星、木星、水星
排着曲曲折折的队形
合力把太阳拉下地平线
导致整个星空倾斜
鲸鱼座的尾巴高高甩起
差一点打到天王星的脸上

今晚，整个宇宙从我身边经过
如此真实，我触手可及

超级月亮

它沿着乡村公路迎面滚过来
身后卷起阵阵尘土
道路两旁的树木纷纷避让
隔着汽车的挡风玻璃
我分明听到
它碾过大地轰隆隆的巨响
它脸上老人斑如此清晰
它的苍老令人心痛
在就要与我碰在一起的时候
它像飞机起飞一样
把自己拉升起来
越升越高，越升越小
成了天上的月亮
今晚，只有我知道
它来自人间

养鲸记

如果这个世界
只剩下一滴海水
我也要在这滴海水中养一头鲸
让它一天一天地长大
直到它把这滴海水挤爆
成为一个太平洋

中年的海

海岸线开始变得模糊
海浪的鬃毛，一天比一天白
涛声平缓、低调，但音域更加辽阔
没有必要就不修筑人工岛了
没有必要也不再设置暗礁
让鲨鱼爱上禅宗
让墨鱼继续临摹古帖
我已经与月亮签订了协议书
涨潮时给我多少海水
退潮时我会一滴不少地归还
落日依然是每日一次
但每一次落水
都将变得更加艰难

他们在大海上谈论诗歌

船开始向蔚蓝出发
他们在大海上谈论诗歌
他们坚信沿着鱼群的方向
就可以找到诗歌的源头
他们在鱼群的后面追赶
撒下汉字的网
当他们把网拖上船时
果然捕捞到几个鲜活的意象
这些意象闪动着鳞光
在甲板上跳跃
让他们激动不已
但他们很快就发现
他们想要的句子
已经随着鱼群游回大海深处
而大海漫不经心地晃起的波浪
每一行都百读不厌

大街上遇到一条咸鱼

它满身的盐渍和剥落的鳞片
看起来像个流浪汉
它的两鳃还残留着海风
它的背鳍上还涌动着波浪
我怀疑它来自我的故乡北部湾
突然萌生要解救它的念头
我对它说，趁主人不注意
我们从后门溜走
我可以把你送回大海里
它说，算了吧
你连自己都不能还原为海
你更阻挡不了
一条鱼赴死的心

想写一封信

候鸟开始南飞，树叶已经泛黄
再不行动恐怕来不及了
我要用剑影一样的狂草
给仇人写一封信。告诉他
我现在还活着，并且还会
好好活下去

我要这样开头
老兄，如果你还未死去
请你在冰川融化之前
赶到我居住的海岛
让我们在沙滩之上，月光之下
来一场巅峰对决
你没有倚天剑，我没有屠龙刀
那不要紧
你用你的桃花扇，我用我的椰叶剑
决战三百回合

你用月光当暗器，我用涛声当盾牌
一直打到月亮落下海
一直打到太阳爬上山

不怕你笑话，这些年
我只学会这些本事
遗憾的是，人到中年
我还找不到
那个可以决一死战的人

影子传

影子，我的好兄弟，你是我此生的证人
我妈妈生我的时候也顺便生了你
后来我学会站立，你却喜欢紧贴着大地行走
我常常在阳光下的沙滩上疯跑
让你跟在后面傻傻地追赶。有时候
我出其不意地掉头，让你走在前面
被我踩着你也不喊痛。一堵墙挡住了我的去路
你站起来扶我翻过去。在一个无人的下午
我被出卖了，敌人呐喊着追杀过来
你慢了一步，被他们按在地上，用枪指着脑门
你也不向他们说我在哪里

航海图

站在船头，迎着波涛
我打开航海图
却发现，这精美的山水长卷
与现实有很大的错位
那些岛屿、港口、古塔和寺庙
看起来更像海市蜃楼
存在着某种可疑的迹象
而头顶满天星光
一直与我保持着某种默契
它们当中的一些，在茫茫宇宙中
行走了几亿年才能到达地球上
现在，这些星光的故乡或许已经陨落
只剩下回不去的星光在虚空中行走
它们在我的头顶
组成一幅值得信赖的航海图

证　人

海边，一个醉汉不停地舀水
我劝他歇一歇
他不肯。他说
这是他应聘一百零一次才得到的工作
我们谈话间，大海退潮了
刚才的大海成为陆地
他拉着我的手说，你都见到了
大海是我舀干的，你要为我做证
否则他们将扣掉我这个月的工资
说完他对着没有海水的大海呕吐起来
这时候，大海涨潮了
他又拉着我的手说
大海不是我吐出来的
这你也见到了
否则，他们又说我贪污了那么多海水
求你了，你是我唯一的证人

谁对我的生活做了手脚

受谁的指使，总是有人跟我
开一些不大不小的玩笑
比如，我上屋，他抽梯
我过河，他拆桥
我刚造好新船，他就抽干海水
他就是有这个本事
把不可能变成可能，或者
把可能变成不可能
比如昨晚，我紧赶慢赶
终于按时赶到码头
一向晚点的渡轮还是开走了
我走在昏暗的观海大道上
老觉得那家伙又在背后跟着我
我说，别闹了兄弟，我们和解吧
你开个条件，我都满足你
包括前世欠你的。我回过头
路上没有人，只有海浪在旁边
一阵阵地，笑我

一个忘了怎么写的字

多么熟悉的一个字，怎么说忘就忘了
它一定是故意躲到哪里去了
我抖了抖书桌上的书，没有
我掀开电脑的键盘，也没有
我低下头，看看它是否掉到地板上
我抬起头，看看它是否爬上了墙壁和天花板
都没有。几天前我还用过它
把它放在一个平凡的句子里
这个句子就飞起来
多么善良的一个字，多么有灵气的一个字
怎么就离家出走了？窗外
天黑得像个巨大的陷阱
喧嚣了一天的涛声也停了下来
它的偏旁是否还紧跟着部首
它的读音是否被寒风吹散
它的意义是否被别有用心的人篡改
我不禁为这个字的处境担忧起来

A4 纸

我与一张 A4 纸聊天
纸上马上长出了许多嘴巴
我在纸上挖了一口井
蛙声就从深不见底的地方传上来
我放养一头水牛
它埋头吃草吃出了边界
我画一艘帆船
就有波涛从四面奔涌而来
我写下昨天
这张纸就慢慢泛黄
当我写下风，写下风
这张纸就飞起来
但我现在什么也不写
你看它白白地躺在那里
白白地等着，那么无辜
又无聊

我将带你去看军舰

你到我的城市来看我
我将带你去看军舰
这是我能想到的最好的待客之道
我们乘坐“红嘴鸥”号游船
向太阳升起的地方开去
穿过海湾大桥桥底后
左前方，就是十里军港
在蓝天和白云巨大的背景下
导弹驱逐舰、护卫舰和补给舰
静静地停泊在自己的泊位上
像一座天然博物馆里的
一件件精致的陈列品
当我们原路返回时
我会指给你看
左岸椰林衬托的楼房中
哪一幢，有我的家
你来看我之后
你的海，从此有了军舰

造船史

命里有海，就得学会造船
但我不会造水泥、钢铁船或塑料船
也不想给我的船安装马达
要造就造一艘木帆船
让它顺着风，去它想去的地方
说干就干，我先上南山伐木
樟木可做船帮，柚木可做甲板，杉木可做桅杆
在海边，我年复一年锯榫凿卯
用石灰堵塞缝隙，给船帮涂抹桐油
时间已经过半，但风帆还未升起
我还会继续坚持下去
就算忙了一辈子，新船也来不及下水
我成了一个会造船的手艺人
也很好

大海的缺点

我想在海边居住一辈子
你却认为太靠近大海不好
你的理由充分，比如
海风太咸，家里含铁的东西
墙上的钉子，空调机的外壳和晾衣架里的铁线
都会被海风一天天地吹软，掏空
十二级台风把玻璃窗整个儿吹飞
夜航轮船的汽笛声会在半夜打断美梦
发生海啸时，想逃跑都来不及
我知道，这就是
在海边出生的人与在山中出生的人
对待大海的两种不同态度
你对大海的不信任，还源于
多年前我们在大海里游泳时
你呛了一口海水，那又咸又苦的滋味
让你对大海怀有深深的敌意

咸鱼诗

父亲寄来一条咸鱼

我把它剁碎成一粒一粒

放在冰箱里

一日三次

每次四至五粒

一个疗程后

我的思乡病果然治好了

台风说来又不来了

港湾里的船
成了赤壁之战中曹军的战船
一艘一艘地被捆绑在一起
大海开始不安起来，显然它已经收到了
波涛从太平洋送来的消息
天空正在挖战壕，乌云越堆越高
在为即将到来的战争做好准备
孩子们已经停课了
街道两旁的店铺也已打烊
大街上人们行色匆匆

妻子已在冰箱里囤满面条、青菜和马铃薯
备好蜡烛和打火机，给应急灯充满电
每个窗户都用胶带贴了“米”字
一切准备就绪，只等台风到来

不知是谁泄露了机密

第二天早上，台风已经绕道
在没有预先告知的地点登陆了
这让我们多少有些失望
有人在微信群里
给这个台风考评为：优秀

海龙卷

也许是太渴了
乌云把一支吸管伸到海里
鼓着腮帮子，疯狂地吸
海水旋转而上
许多鱼跟着海水游到天上
鱼坚硬而锋利的背鳍
刺痛了乌云的喉咙
乌云被迫停止了吸水
咳出几声闷雷
把吞下去的鱼
又吐回海里

岛

我到海边时
那座山已逃到海里
追赶它的群山已经来到我的背后

海水很深，它把
一些石头和树木举在头顶
一脚深一脚浅地往更深处走去
波浪是它的敌人的同伙
正包围着它，拍打着它
在逼它交出什么
更远处，不知是云扮成了山
还是山扮成了云

太阳就要落水了
几只想飞过大海的鸟
在它的树枝上歇脚
它只好停下来。回首一望

群山已把大海包围

每一座山都是那么高那么大

还携带着悬崖的险峻

好在这时候

天上出现几颗星星

让它觉得自己并不孤单

在潮涨与潮落之间

别动，谁都别动
在海岸上，我左手向前高举
我像一个交通警察
风别动，不要给任何人找到借口
礁石别动，你一动水就会溢出大海外边
海鸥别动，不要在天空和大海之间玩跷跷板游戏
白云别动，你再轻也会导致整个世界倾斜
太阳别动，你是天与地这架天平上唯一的砝码
我的影子你也别动，你的分量只有我知道
在这难得的平衡中我松了一口气
想不到这口气刚从我嘴里呼出
地球已经倾斜
大海开始离我远去

他们说：大海

“海藻森林在清澈的水中闪烁，它们很年轻。”[1]
宜居的波罗的海，让特朗斯特罗姆萌生了
移居到大海中去的念头
“你的大西洋，忙着筑高白色沙丘
而羞涩的太平洋却藏在深处。”[2]
扎加耶夫斯基的海各负其责，各忙各的
“巴力之海，马蒙之海——各种年龄各个姓氏的海”[3]
佩斯的每一片海
都有父母，也终将老去
“直起腰来，我看见蓝色的大海和帆影。”[4]
人啊，如果你的大海依然苍茫
那就收下米沃什从天边寄来的礼物

---

1. 引自瑞典特朗斯特罗姆诗《波罗的海》，李笠译。

2. 引自波兰扎加耶夫斯基诗《海》，乌兰译。

3. 引自法国圣-琼·佩斯诗集《海标》，管筱明译。

4. 引自波兰米沃什诗《礼物》，西川译。

灰暗的海，蔚蓝的海

台风路过的海和浮着冰块的海

没有一片海是独自汹涌的

也没有一朵浪花孤芳自赏

月亮放牧的海浪

正在骑着白马奔向我的海岸线

关 系

我在观海长廊的石栏杆边坐下来
身边的事物便与我构成某种关系
“海上城市”曾是日本一艘游轮
此刻却静静停靠在我身边
在对岸的军舰是用来备战的
这么说战争与我的距离
也只隔着不是很宽的海湾
此刻正在涨潮，涌到我脚边的海水
可能来自太平洋
而把太平洋的水送到这里的
据说是头顶的月亮
月亮与木星应该没有关系
但天文预报说
过几天将会上演“木星凌月”的天象

呼伦贝尔大草原

老李开快艇像开飞机
不到一个钟头
一千多个巨型大网箱
就出现在我们面前
老李说，这是他们的牧场
每一个网箱可收获七八万斤金鲳鱼
大网箱的尽头
两艘渔船正在投放虾夷扇贝苗
老李说，这片海的面积
与呼伦贝尔大草原面积相当
呼伦贝尔大草原我没去过
同行的老巢去过
老巢说，大海和草原上
白云与蓝天没有什么不同
如果你把蓝色换成绿色
把大网箱当成羊栏
把老李的快艇当骏马

那么眼前这片海
就真的是一个
呼伦贝尔大草原

仰　泳

海水举托着我
蓝天那么低，白云擦过鼻尖
我的双手轮换着往头顶的方向扣水
海水从耳边哗哗地流过
我知道自己正一步一步地后退
青年、少年和童年像流水
哗哗地从我的耳边流过
直到退回母亲的子宫
此刻，我正在羊水中游泳
用头颅寻找子宫的出口
头顶的方向，晚霞铺满海天
那是我渴望来到的人间

蚝之歌

在波浪上磨刀
它们的刀比浪尖还要锋利
我的十个手指上
至今还保留着它们馈赠的礼物

它们雪白丰润的身子
被姜泥和蒜茸绑架
成为清蒸或烧烤的尤物
它们无法逃脱
红颜薄命的魔咒

死了，就与这个世界两不相欠了
它们不知从哪里学来砌墙术
把一座房子砌成面朝大海
砌成地老天荒

“将军帽”与狗爪螺

在桂山岛，我们第一次
吃“将军帽”与狗爪螺
它们都是象形文字
“将军帽”，是将军的帽子
狗爪螺，是狗的爪子
档主说，这是岛上最好的下酒菜
你们可以这样想象，将军落水
他的狗跳到海里搭救他
那晚，我们喝了几瓶九江双蒸
醉眼蒙眬中
望着餐桌上一大堆螺壳
我想，这么多帽子，这么多爪子
需要多少将军，多少条狗
多少个朝代啊

吃河豚

牡丹江的老杨来看我
我请他吃河豚
路上，我说
吃了河豚，以后你吃什么都不知味了
河豚味美，但它体内有剧毒
就像一个绝色美女
睡觉时枕头底下藏一把剪刀
教人不敢靠近
吃完河豚，回来路上
我问老杨，感觉怎么样
他说，感觉自己像个罪犯

看电影《大洋之间的灯光》

在大海上
什么奇迹都可能发生
比如爱，比如悔恨

大海给你孤独
但给你双倍孤独的
是你自己

灯塔只照亮远方
它从来不管脚下的黑暗

大海从来不爱
因为所有爱都太短暂
大海从来不后悔
因为所有故事
大海都可以从头再来

在珠海听李肇星先生讲

这个把风云藏在皱纹里的老人
在两个小时的时间里，只讲两个关键词
一个是“祖国”，一个是“人民”。他说
走遍天下始终惦记着天安门城楼上的两句话
每到一个地方，他总喜欢问当地人
他们为人类贡献了什么
挪威人说他们的渔夫发明了领带
埃塞俄比亚人说他们的农民发明了喝咖啡
佛罗伦萨人说他们的饭店送菜员发明了芭蕾舞
苏格兰人说他们的牧羊人发明了高尔夫
这位老人，说起这些
总是面带微笑，略显腼腆
最后，当他说出那句
“不说假话，真话不全说”时
才暴露了职业外交家的本色

船木椅子

见过风，也见过雨
见过涨落，也见过生死
离开大地那么久了
它有点不适应
树荫下，它张着双臂
不是等那个伐木人
也不是迎接它的船长

一个抱孩子的女人走过来坐在它身上
它不敢晃动，它怕它一动
奶水呛着女人怀中的孩子
女人走后，又来了一个老人
它不敢晃动，它怕它一动
老人就想起一生中后悔的事情
老人走后，一片落叶掉到它身上
它不敢晃动，它怕它一动
落叶就会晕船

风吹走落叶后，它坐在自己身上
用曾经沧海的钉眼
打量着这个失而复得的世界
它还是不敢晃动，它怕它一动
自己就成为沉船

前一个浪与后一个浪有什么不同

你见过波浪，你见过
一个波浪跟在另一个波浪的后面
爬上了岸。你没有见过
海风跑来跑去地指挥和调度
不让前一个波浪把后一个波浪绊倒
也不让后一个波浪踩着前一个波浪的脚后跟
你没有见过托举波浪的海水
流淌着充满咸味的汗水
你无法体会鱼儿在波浪上面练习跨栏时
给每一个波浪带来小小的快乐
你不知道，一个不开花的波浪忧伤有多深
你更没有见过一个精疲力竭的波浪
在放弃自己时，落日一样绝望
你在岸上欣赏波浪，赞美大海的蔚蓝与澎湃
但那只是你的波浪，不是大海的波浪

露宿渔排上

放下背后的大海
也放下大海背后的地球
身体太重，出门时我已留在家里
我借蝴蝶的翅膀
在黑暗的夜空中飞翔
银河正在涨潮
淹没星星的村庄
我穿着隐身衣
从它们身边飞过
我不发光，也不发出响声
我看见黑暗中有些事物也没有发光的能力
但它们跟我一样
参与了宇宙的运行

鲸鱼骨架

一头鲸鱼用骨头证明自己
也在用骨头埋葬自己
骨头是它最后的语言
灯光打得骨头
像南极洲的冰块那样洁白

洁白是它收藏的浪花
风暴和洋流从骨髓中穿过

那次退潮用力太猛
退掉了它的皮、肉、内脏和血液
也退掉了整个大海
现在它搁浅在海洋博物馆
成了大海的 logo[1]
在风干的蔚蓝中等待下一次涨潮

---

1. logo：（公司或机构的）标志、标识、徽标。

鱼不知道自己有名字

你喊黄花鱼。你喊青鳞鱼。你喊石斑鱼
在风里喊。在浪里喊。你喊破嗓子
也没有鱼答应你
不是它们听不到你的声音
而是黄花鱼不知道自己是黄花鱼
青鳞鱼不知道自己是青鳞鱼
石斑鱼也不知道自己是石斑鱼
鱼在海里遇见另一条鱼
也会向对方打招呼，但肯定
不会喊出我们给它们取的名字
在海鲜市场，人们喊着鱼的名字讨价还价
鱼不知道这些名字与自己有关
它们也不知道，同样是鱼
为什么价钱差别那么大
它们不知道为什么大海提早退潮了
它们真的不知道自己有名字

我看到的海，一群诗人已经来过

他们走了，把诗句
留在南极村海岸洁白的墙上[1]
于坚：当你老去了，离去 / 大海在天空下继续
安石榴：云朵是大海抽到天空中的波涛
宇向：向他们涌来
姚风：大海，从舌尖的一粒盐开始
罗萨：大海举起白色的灯盏[2]
黄礼孩：主啊，请你赋予大海永恒澎湃
我来到这里时
诗人们已经离开许多天了
他们不知道大海的近况
如果你见到他们
请转告，如他们所愿

---

1. “大海在重新开始——2021 湛江海洋诗会”，全国众多诗人应邀参加，并在南极村海边白墙上留下诗句。

2. 姚风引用。

大海依然蔚蓝和澎湃

大海每天都在重新开始

我的一生，大海只用一天就过完了

涨潮是上半生，退潮是下半生
我漫长的一生，大海只用一天就过完了

在无形中站立，在有形中开花
波浪向我伸出手，交换掌心的虚无

众声喧哗中，礁石沉默
海鸥飞翔时忘了带上它自己

守在家门口的招潮蟹，是年迈的母亲
在石头上奔跑的蟛蜞，是忙碌一生的父亲

在波浪中起伏
我的身上只剩下几片鱼鳞

来不及说出昨天的忧伤
大海又开始了今天的涨潮

珊瑚颂

它们在海底建造花园
让柔软的身体盛开在坚硬的死亡上

它们把生活的冒险
过成花。过成树。过成画
过成音乐和舞蹈

它们如此渺小
却做着一件伟大的事情：填海
它们一代接一代，用生命填，用死亡填
它们相信，总有一天
渺小的生命就会长成石头，长成岛屿
触摸隔着海水的天空
它们是愚公
但不需要借助神灵
它们是精卫
但心中没有装着仇恨

我原谅了藤壶

我曾经用稻草焚烧依附在船帮上的藤壶
我曾经拆除藤壶在鲸鱼坚硬的表皮和
海龟与鲎的甲壳上建立起来的村庄
但我从来没有看到藤壶
占领海蜇、鱿鱼和其他小鱼的身体
它们从来没有在软弱者身上打主意
它们从来不想增加软弱者的负担和痛痒
但它们不愿放弃你们所说的诗和远方
它们只好搭强者的便车
实现自己周游世界的梦想

孤鹭，或者王勃

大海也有秋天
在波涛之上挣扎的光和影
我姑且称之为落霞
这么碰巧，此时
一只白鹭正向夕阳的方向飞去
自然，而然
我想起白衣飘飘的王勃

夕阳的方向，是交趾的方向
王勃的父亲在那里
过了琼州海峡，再横过
我的北部湾
他——王勃，就可以见到父亲了

现在，我站在王勃的必经之路
我想我很快就要见到王勃了
他不是说过“天涯若比邻”吗

况且，这里还不是天涯
一艘又一艘船向交趾的方向驶去
突突突的马达声高过波涛的声音
但没有一艘是唐朝开来的
落日只有一人高了
不知道王勃现在在哪里

我守在王勃的必经之路
提着一壶酒等王勃
我要告诉他
他要去的交趾
导航仪上已经搜索不到了

我的信它们还未收到

海还在海里，但波浪平静了许多
礁石也不再锋芒毕露
红树林高过了堵海大堤
我走在通往大海的路上
蟛蜞钻进石缝，跳跳鱼消失在淤泥中
那只在我的诗歌里飞来飞去的白鹭
也不见了。或许，我写的信
它们还未收到

我不敢再往大海深处走去
泥沙里，石缝中，海水中
有无数耳朵和眼睛
它们还未放下仇恨

码头上长满了仙人掌和芒草
拴船柱只剩下海鸟白色的粪斑
那条搁浅的旧木船

载着半船海水和半船往事

涨潮马上就要开始

我写的信它们还未收到

余生规划书

想清楚了，后半生
我就去孤岛看守灯塔
我要把送我上岛的木船凿沉
让一颗尘心，断了归路
岛，不要太大
一棵树，足够我乘凉，读书
一块石，足够我垂钓，冥想
我是我自己的神。灯塔
是我最后的庙
我要把孤岛划分为七大洲五大洋
我要把灯点在波涛上
让过往的船只
代替我出发或到达
我愿意做一个灯塔看守人
在大海中安顿余生

我同朋友说

我哋[1]湛江人吃海鲜
讲究原汁原味
唔系[2]清蒸，就系[3]白灼
或者丢入滚水中煲汤
有时嫌麻烦
我哋直接把大海端起来
饮鱼汤

---

1. 我哋：粤语，我们。
2. 唔系：粤语，不是。
3. 就系：粤语，就是。

但这不是大海

我沿着南方的海岸线行走
我不敢说，我看见了海
我看到的只是海岸、岛屿和波涛
以及从海里升起又落下的日月星辰
但这不是大海

我看见开海的渔船千帆竞发
看见赶海人在码头售卖鱼虾和螃蟹
看见海边的民宿、遮阳伞和抱着救生圈游泳的人
但这不是大海

我看见港口巨轮进进出出
延续沉船的梦想
我看见水手坐在集装箱上
弹唱着遥远的思乡歌曲
但这不是大海

是的，这些都不是大海

海，还在海里

我对时间不持立场

开往远方的列车，像一条贪吃蛇
窗外的事物与我匆匆一瞥
它们都给我留下了美的瞬间
峡谷已把自己掏空，它用时间置换了空间
海面上的波浪，快乐地活在死去的路上
在风暴到来之前
天拼命地蓝，云拼命地白
没有一个词敢与它们搭配

让海风吹着口哨从大堂走过

我已半新不旧，而青春不能充值
好在骨的柱子还硬朗，肉的墙壁还坚固，血的管道还畅通
望着绝尘而去的日子，我决定：清空自己
这些年，让我拥挤和沉重的，都清掉吧
让我辽阔，让我南北对流，让我采光充足
早晨，朝阳叫我起床。晚上，月光做不速之客
风吹细雨，从窗口斜过几点，我也不恼
旧是旧了，但我拒绝用油漆掩盖，拒绝用玻璃伪装
一切从简。让海风吹着口哨从大堂走过

一个人的战争史

我豢养着千军万马，在身体内安营扎寨
无聊时就让他们分成敌我两派，打打仗
不为江山，也不为美人
我躲在一块骨头的后面观战
他们打得死去活来，我却见死不救
我从不站在谁的一边
不向谁告密，也不点破谁的埋伏
谁的胜利都是我的胜利
项羽把剑架在脖子上那一刻
只要我弹一颗小石子
打掉他手中的剑，历史就会改写了
这样的举手之劳我也不干
身体里的河流，它不在这里拐弯
也得在那里拐弯。它不这样七拐八拐
怎么能找到自己的入海口？就像我自己
一辈子要犯多少错误，才敢老去

沉船记

像一个字，在白纸上移动时
被橡皮擦，擦掉
像一封邮件，被发往
一个并不存在的地址

或许风暴是对的
海底是通往未来的捷径
每一艘沉船都在
执行一项秘密任务

像一个隐喻
沉船在自己的航线上行驶
它以某种隐秘的方式
与我保持着联系
但我无法破译它的密码

星星在天空上闪耀

在为沉船导航
沉船在海底全速前进
银河里有它的投影

沉船桅杆的顶尖
指向北斗星的方向
鼓满了风的帆
在海底晾晒

未经船长批准
海藻和珊瑚
把驾驶室和船舱改造成花园
深海鱼成了新乘客
鳗鱼掌舵
学习航海技术

船板在回忆鸟鸣时

海水已经泡好茶
瓷器太硬
硌伤了鲨鱼的牙齿

以失踪水手的名义
我在虚拟码头上迎接沉船
而海面上航行的船只
已驶到时间之外

是沉船，总是会靠岸的
被海水打湿的历险记
它有点残缺，有点破损
但拼接起来
又惊险，又好看

博尔赫斯与郑一嫂[1]

1

女神，你给我一把瓢
让我舀干太平洋
可舀出来的水，我放到哪里

呆瓜，那些多余的水
都放进你忧郁的眼睛里
那是这个星球最深的地方

2

女神，请原谅我

---

1. 郑一嫂是中国最著名的女海盗之一，率领海盗集团红旗帮长期与清廷抗争，抵抗清廷水师与英国、葡萄牙的联合舰队，后接受招安。博尔赫斯根据她的经历写成小说《女海盗郑寡妇》。

你这支有毒的花朵
只有关进《恶棍列传》才能飘出芬芳

呆瓜，你说你感觉一直在中国
你是否爱上我曾经以之为敌的祖国
也爱上了她的敌人的眼睛和蛀牙

3

女神，如果岸忽略了海
它将为风暴付出代价
海水沿着河流深入了大地

呆瓜，烈酒的火药能使怕死鬼成为战士
大火止步于我身上的大蒜油
有人逃离大海，有人急着回到海里去

4

女神，木头浮在水面便是船
谁抓住便是谁的救命稻草
每一滴海水都有无数条道路

呆瓜，魔幻现实主义乘以《聊斋》
就等于龙与狐狸的寓言
再好的故事也是在重演古老的剧本

5

女神，我错把远处的硝烟当炊烟
我划着一本书的舢板
在地球的另一角听风雨，看潮起潮落

呆瓜，岸与海，对与错
多少冤家还未来得及和解
太阳已经坠入大海，星星诉说海天繁华

6

女神，其实我也是个十足的恶棍
在天堂一样的图书馆里
建造自己的人工岛

呆瓜，你拆除旧秩序的栅栏
释放出金黄的老虎
它已经重返丛林

大海造句集

1

我抓到一只鲎
没有尾
抓到一条鱼
没有头

2

一条跳跳鱼
爬到红树的枯枝上
放哨

3

没有船的时候

码头泊阳光
泊星星
泊风
泊自己

4

码头
从不出发
也从不到达

5

青鳞鱼
不小心游到天上
成了鱼鳞云

6

父亲一再告诫
苦楝花开的时候
不要吃河豚

7

鲎
是海上丝绸之路
沉船里
浮上来的古瓷片

8

飞鱼
逃过鲨鱼的追逐

却落入

海鸥的口中

9

藤壶依附在鲎壳上生长

就像我们

爬上外星人的飞碟

10

晚霞

是落日

写给星星的

遗言

11

风吹过海面时
经常被
海浪绊倒

12

闭上眼睛睡觉
那是对一条青鳞鱼
最严厉的惩罚

13

太阳在天上走
我在沙滩上走

海在一旁
折叠纸飞机

14

清晨
灯塔看守人
在打扫
一地烟头

15

太阳巡视大海的时候
月亮化装成一片白云
跟在后面

16

一只椰子
在大海上漂流
逢人便问
“我的故乡在哪里？”

17

航行了许多天
没有遇上另一艘船
船长拉响了汽笛
给自己听

18

一滴雨点

落入大海

大海已不是

原来的海

19

日头刚落水

老渔夫

对着太白金星

点燃口中的香烟

20

一只草鞋躺在礁石上
等另一只
天快黑了
海水已经涨上来

21

每写一首
关于大海的诗
我都会给它加点盐
并且，教它游泳

22

在海面上飞翔的海鸥
没有一只
是在看风景

23

为什么船帆
总是模仿鲨鱼的背鳍
嘘，小声点
别让鲨鱼听到

24

5 月 1 日至 8 月 16 日
南海的休渔时间已经公布
但没有人
去通知鱼

25

梦中
我要用抽水机抽干大海
早晨睁开眼睛
窗外已开满鲜花

26

发现自己误入了大海

那只鸟急忙掉头

飞回陆地

像被鲨鱼追赶的裸泳者

27

章鱼睡觉时

三条腿当枕头

四条腿当被盖

还有一条

赶蚊蝇

28

七点十五分

日头在西边落水

我在东边

点灯

29

灯塔

一夜都是红灯

为什么没有绿灯呢

30

船上的狗

吠

天上的月

31

准备升起船帆时

老渔夫发现

一对黄嘴鹦鹉

在折叠着的船帆上筑巢

32

我仰着头

望那弯新月

像一条

渴望上钩的鱼

33

彩虹在海面上

架了半天

也没有海豚过来

跳圈圈

34

雨夜读帕斯
一道闪电游过来
它横跨太平洋

35

我一仰望蓝天
就有涛声
从天上滚下来

卷四 海丝路

与南越王书

你已经没有权利沉默
因为你是王，知道得太多
人们都想打听那个年代的隐私
陵墓是你的博客，他们一点击
在证据面前，你只好如实招来
你用过的江山我还在用着
岭依旧叫南岭，江依旧叫珠江
你说江山是你的，我也说过江山是我的
其实草木才是江山真正的主人
尽管江山从来不姓草，也不姓木
二千年只是一阵风，它轻轻一吹
你就像一条漏网的鱼，从金缕玉衣中抽身而去
大好江山就这样轻易落到我手里
但我不想占山为王，也不想画地为牢
我只想以草木为榜样，站在向阳的山坡上
看阳光下江水流淌

徐闻古港

大墩、二墩和三墩
我只见它们的现代，不见它们的古代
几架风车从木麻黄树梢伸出来
也是一句若隐若现的现代诗
如果不是遗忘在贝壳堆中的“万岁”瓦当
如果不是从华丰岭走下来
穿汉服的亡灵。我真的不知道
脚下踏着的是汉朝的大地
而波涛涌来的地方，是汉朝的大海
如果不是岸边的石碑上写着“徐闻古港”
我真的不知道他们从这里顺流而下
去遥远的已程不国
黄金和丝绸从这里下海
明珠、犀角和象牙从这里上岸
如果不是落日，回望我一眼
我真的不知道它当年也是这样
回望伏波将军和楼船将军

才肯落入波涛之中。东边的月亮
趴在战壕一样的乌云后面
我甚至怀疑它
是汉武帝派来的女探子

光孝寺的菩提树

天竺高僧智药三藏法师
在这里种下这棵菩提树时
他没有想到，此后的第一百七十四个春天
一群僧人在树下听经时
一阵大风吹动殿前的旗幡
吹出了中国哲学史上著名的“风幡论辩”
他更没有想到，这阵风
还吹了岭南第一位本土禅宗大师
直到现在，六祖惠能的头发
还静静地躺在菩提树旁的瘗发塔下
我来到菩提树下时，也是春天
大风还在吹动旗幡
已经没有人再论辩什么了
大风吹动菩提树的阔大的叶子
仿佛诵经声
从天上传下来

南海神庙

庙里无人，神也闲着
帝王们的御碑
隔着时空相互临摹
木棉树花期已过
两个晚熟的波罗蜜还挂在枝头
大海越退越远
古港口已经成为湖泊
轮船的汽笛声
绕过岸上那两座圆顶仓库传过来
仿佛一切都按照
花岗岩牌坊上的约定
——海不扬波
我暗暗佩服古人的智慧
由火神兼职掌管大海
这合乎逻辑
也合乎管理学

达奚司空

司空是什么官职已经不重要了
重要的是你已成为神
把波罗蜜树苗种到地里后，你抬起头来
发觉回家的船已经开走了
面前的大海，每一滴水
都通向你的祖国，但海面上已经没有船
而你又不是一条鱼。多年前
我在《藹楼逸志》中
读到你爬上山岗望海而泣
“七日夜长立，绝不眠餐，
泪滴石痕，深如钻穴”
据说，有两种人最容易成为神
一种是种树人，另一种是望乡人
当时，我就感到你是神的种子
现在，波罗蜜树已经长大
连南海神庙也成为它的一颗果实
大唐的官服穿在你黝黑的身体上

显得格外引人注目
一千多年来，你从不肯
把左手从额头上放下
海水在你木质的身体里涨落
你无奈地望着满载集装箱的轮船
鸣着汽笛，驶向
种着白云的蓝色之中

黄埔古港

吃了艇仔粥和姜撞奶
我们来到一排仿古建筑前
牌坊上写着“古港遗风”
几间像祠堂一样的房子
据说就是“粤海第一关”
它们像一群穿着古装戏服的现代人
在石头中挖掘记忆
而记忆，被岸边的大榕树筛了一地
大海已老，几排波浪
留在巷口那个卖芭蕉花的阿婆额头
“海舶所集之地”已被时间的锈迹改写
“天子南库”的银子与货物也已两讫
长满苇草的河涌
是标准的岭南水乡
水草操着水草的乡音
翠鸟说着翠鸟的方言
晚风，是个蹩脚的翻译家

今天，我来到这里
不为出发，也不为到达
更不是与谁做一笔交易
我只想停泊在一滴水中
用一抹斜阳温暖自己

南海一号

一场风暴改变了它的航线
它驶入了时间的暗流
它不敢停下，水手也不敢睡去
它的目的地已不是那个异国的港口
它要把满舱的货物送到未来的博物馆
它昼夜兼程，用了八百多年
你看，它卸下货物后一身轻松
在脚手架上盘点自己的肋骨
看到它一下子给我送来这么多盘和碗
我开始用鳃呼吸
并且，冒出一串串气泡
成了一条宋朝的鱼

朝云墓畔口占

你是杭州，你是密州，你是徐州
你是他温柔的江山
你是黄州，你是惠州，你是儋州
你是他一个又一个流放地

他是赤壁的帝王
他是东去大江的帝王
他是明月青天的帝王
他是遥远的天狼星的帝王
他是你的帝王
也是九百年后我的帝王

他，只是他的时代的敌人

在海南五公祠遭逢宋徽宗的瘦金体

石头上的字，像他的江山
一瘦再瘦。石头的背面
传来了急促的马蹄声
撇如匕首，捺如切刀，横竖金钩藏锋
一笔一画都欲置敌人于死地
马蹄踏破了石头
石头在流血，在无声哭泣
纸上的江山，笔画临危不乱
有人凭蹴球的绝活，进了内阁
有人在梁山叫嚷，“杀去东京，夺了鸟位”
汴河，汴河，你流淌的
只是张择端和孟元老的梦华
千里江山的青绿已被染成冰雪
你这副身骨，注定要经历一番最刺骨的冷
群臣说，万岁爷，你的江山
将来在苏富比，在佳士得
准能拍个好价钱

水手说

这碟，这碗，这罐，这铜钱和金银器
一件不少，统统交到你手里
我的任务就算完成了
有时候，再长的时间也是捷径
我们开船，你们打捞
在时光隧道中间完成了货物的交接
这青釉花纹碗，我们启航前用它大口喝酒
青白釉粉盒和酱釉瓶，我家娘子用来化妆和插花
这些四系大罐，我们家家户户用来腌咸菜
你数数，一件不少
大海只是大一点的江湖
行走江湖自然要带一些硬通货
这是五铢钱，这是开元通宝，这是淳化元宝
我们都带来了，白花花的银锭我们也带来了
我们大碗喝酒，大口吃茶，大声说话
我们射天狼，打老虎，骑鲸鱼
我把一个朝代都带来了

我们有山伐木，有水行船

我们把天空当作大海

从海岸线出发，又去追逐新的海岸线

我把我热爱的时代交给你

现在，我的工作只剩下

给天空搬运白云，给大海运送波涛

与一只长沙窑瓷盘对视

火中诞生，水里成长
你完成了一把泥土的轮回
唐代宝历二年[1]的印记
是你的出生证
海水是最好的保鲜剂
让我们在海上丝绸之路的两端
实现跨越千年的相逢
涛声不需要翻译
既是文言文，也是白话文
我们都有一张曾经沧海的脸
当我们的目光碰在一起时
叮当　声
溅起了一海浪花

1. 唐代宝历二年，即826年。

泉州天后宫

每一次来到这里，我都有
一种回家的感觉
神，在高处
等待着我回来

在她的头顶
“神昭海表”和“海不扬波”的牌匾上
大海在荡漾，有船在远航

香火炉中的火，像灶膛里的柴火
愈烧愈旺。而门前
德济门早已成为遗址

一个从未离开人间的神
她一直生活在柴米油盐之中

一群把异乡当故乡的人

带着她漂洋过海

让她在异乡的土地上居住下来

从此，神也有了乡愁

去开元寺

2014 年，我第一次去开元寺
回来后只记得一座古刹，两座古塔
2022 年，我又去开元寺
我又记住了
天王殿里的一对楹联
“此地古称佛国，满街都是圣人”
在镇国塔下
我听到有人在讲话，好像是
从塔身浮雕菩萨的嘴里发出来的
我转了三圈，想弄清楚
声音，究竟来自哪里
后来发现，北边塔身和地面的石板上
散落着白色的鸟粪
抬头一望，几只鸽子潜伏在
古塔第三层石梁上
咕咕咕地，做着晚课

湄洲岛

来到神的故乡，我才知道
神生活过的人间其实也很小
很小的岛，很小的村落
神是个年轻的姑娘，她永远二十八岁
她守护着大海，大海也守护着她

神升天的地方，草木茂盛
石头是人间的石头，连天空
也是人间的天空
神已经到天上工作了，但在人间
有海水的地方，人们还在为她
建造宫殿

在湄洲岛，每一缕炊烟下
都居住着一个神

我们离开湄洲岛时，神

提着月亮目送我们登上渡轮
回到大海守护着的陆地

重游洛阳桥

也是黄昏，也是退潮时分
三个惠安女子在桥头卖蚝肉
蚝沿着桥墩爬上来
我们在桥面行走，石头浑然不知
两边的滩涂，红树林又长高了许多
白鹭和灰鹳又肥又大
我们到达东岸时
蔡襄高大的石像还站在那里
他让我们又去了一趟宋朝
暮色中的洛阳桥
是他丰美的颜体字中
最平稳的一横
当我们返回西岸时
那三个惠安女子已不知去向
地上只剩下三堆蚝壳

罗星塔

据说，从世界各地寄往马尾的信
只要写上“中国塔”，就可送达
今天，我也把自己准确地邮寄到这里
从门口进来，爬过一串台阶
在“罗零基准点”的标志前
我与那些石头和树木
都有了最精准的海拔
我提着自己的海拔拾级而上
罗星塔也举着它的海拔在等我
据说，罗星塔是我的老乡
一个优秀的岭南女子
为她冤死的丈夫建造的
这人鬼未了情
每夜都在塔顶闪烁
成了过往船只的航标

九日山祈风石刻

一到山上，风便大起来了
这风，难道也是他们祈求来的

吹到我脸上的风，正是东北风
如果现在是宋朝
停泊在港口的船队该出发了
水密隔舱里装满了丝绸、瓷器和茶叶
菩萨答应了他们的祈求
东北风便从农历中吹过来
风吹到船帆上
船队浩浩荡荡顺风而下后
他们便爬到山上
在石头上写下日记

他们在宋朝祈风
东北风每年都会经过这里
风吹着石头上的文字
也把大海吹成古道

清净寺

望月台上望月亭
望月亭中望月人
只有月光，才能洗净疲惫的心

世界真的不大，风吹水面上的木头
也可以到达这个世界最远的地方
世界真的很大，出门远行的人请带上神
神有了寺庙，人便有了家

出门远行的人
如果你找到一个地方
神与人都愿意居住下来
这里便是，世界的中心

两个铁锚

宋元崖门海战文化旅游区门前的两侧
各有一个一万八千斤重的铁锚
它们曾经死死钩住海底
试图锚定大海上流浪的王朝

现在，它们躺在这里
把石头当枕头，手中的铁链
正被青草吞吃
北方来的冷空气
率领十万匹战马呼啸而来
铁链另一端
已经没有船，也没有大海

寒风中，长满铁锈的铁锚
冰冷，坚硬，那是它的时代

最硬核[1]的一部分

我分别给它们取了一个名字

一个叫张世杰，一个叫陆秀夫

1. 硬核：网络流行词，译自英语 hardcore，原指朋克摇滚里最狠的一种风格。后来引申指面向核心受众，有一定难度和欣赏门槛的事物。近年来，其含义进一步引申，常被用来形容很厉害、很彪悍、很刚硬。

宋　井

在南澳岛，离海不足三米，有一口宋井
在硇洲岛，古榕树下，有一口宋皇井
它们之所以有名，是因为
南宋小皇帝曾经在这两个海岛上驻跸
他们在大海边挖井，清甜的井水
给被逼到浪尖上的王朝
滋润冒烟的喉咙
从粤之东到粤之西
这一千多公里的海岸线
是缠绕在一个王朝脖子上的绳子
而这两口井，是这根绳子上
解不开的两个结

东山岛风动石

漳州不见了，只剩下这块石头
东山岛不见了，只剩下这块石头
大海不见了，只剩下这块石头
这块石头，忘记自己是一块石头
在海边的山头上，用一只脚尖
踮着另一块石头，想要飞
像火箭安放在发射架上
随时把自己，发射出去
我们飞不起来，总是
归咎于地球的引力，或者
沉重的肉身。这块石头
忽略了自己，也忽略了世界
它把自己，当作一颗星星
要飞出地球，在太空上
发出自己的光，一块石头
提着自己的脑袋就要出发了
这让我的后半生
多了一份牵挂

山　寺

天色已晚，连高速公路
也想安静下来
左边的山上
山寺用灯光对我说

我在这里

寺的轮廓，山的轮廓
都醒着。我远远地望着
但我不在山中
我的手中握着方向盘
一钩新月在车窗外晃来晃去
它不是山寺的月亮
今晚它只照耀
高速公路上开夜车的人

郑和碑记

灯光昏黄，仔细辨认
还是能够看清楚，这一千一百七十七个汉字
是他率领着舰队在石头上航行
每一艘宝船都是一块移动的大明王朝
向西，向西，再向西
走向深蓝，走向更深的蓝
他相信，蓝色的尽头
肯定有他的舰队停靠的港湾
一路上有人挖陷阱，也有人建庙宇
他的舰队从漩涡中穿过
他们把帝国声音留下
搭载着贡使、战俘和长颈鹿返航
一些宝船在海水中生根
长成南中国海上的岛礁

在市舶太监李凤石像前

在镇海楼，一个无头石像引起我的注意
根据习惯性思维，我猜测
这很可能是当年红卫兵干的好事
细看石像前面的说明文字
抄录如下：
“李凤，于万历二十七年[1]
被委派至广东专管采珠征税
兼管市舶、盐铁、采矿
他把持广东市舶司期间
徇私枉法，侵克海商
严重干预和破坏市舶司的职责和正常运作
李凤在广州大肆修建寺庙
并雕刻自己的石像
放于广州六榕寺供奉
‘文革’时，石像被削去头部”

---

1. 万历二十七年，即1599年。

呵呵，一个人怎么可能
雕刻好自己的石像呢
就算他把自己放在莲花上
也不是一件人人满意的作品
这的确是红卫兵干的一件好事
他们的参与，使石像更加完整
没有人愿意看到他的脸

莲花山之诗

有人挖石头筑宫殿
把狮石山挖成了莲花山
挖伤了地脉
于是有人建造莲花塔
镇住了风水
有人把莲花塔当作航标
要把舰队开进省城
于是有人建造莲花城
架起了炮台
有人在莲花城与侵略者密谈割地赔款
于是有人建寺庙，造观音像
有人进山烧香拜佛
于是道路出现了拥堵
我昨天爬了一次莲花山
于是今天写下这首诗

给汤养宗

在贵生书院的门前
有人在吆喝
“喝梦泉牌矿泉水，做人生好梦”
他说这个牌子的矿泉水
水源是书院门口左侧的梦泉
当年，汤显祖就是因为喝了这口井的水
才写出了伟大的“临川四梦”
我问，多少钱一瓶
他说，这要看你想做什么梦
不同的梦，配方不同，价格也不一样
最便宜的是这款“人生如梦”
那款“游园惊梦”最贵
我觉得卖水人有些面熟
好像在哪里见过
就问，你可是汤显祖
他回答，不，我叫汤养宗

大三巴牌坊

多一块石头就累赘
少一块石头就有缺陷
大火是个美学家，删繁就简
你看，它站在夕光中
像断臂的维纳斯
又像庞德的地铁车站

从一幅外销画中想象十三行

江岸上一排西式的房子
以及它们门前的旗子告诉我，它们是
丹麦行、西班牙行、法国行、美洲行
帝国行、瑞典行、英国行、荷兰行
栅栏围着的广场，堆放着刚刚到岸的货物
在中国街、同文街和猪巷
广式英语满街游走。店铺里
一只广彩花瓶正在畅想斑斓的未来
停泊在江面上的三桅洋船、白漕船和乌漕船
船头的大眼睛望着我
“三开尾”、“西瓜扁”和小舢板在货船和码头之间穿梭
苦力们背负着货物，行走在
船与岸之间摇晃不定的木板上
在“钦命粤海关”的旗子下
报关的队伍很长，有人在轿上，有人在马上
海关旁边的一间房子里
几个洋人正在与红顶商人谈生意

他们之间的地球仪，一片蓝色十分显眼

岸边，江水拾级而上

大海已经在远处涨潮

十三行问答

1

宝顺洋行的洋老板与浩官闲聊时说
没有洋人能够去北京见到皇帝
英国人要远征了，他们不但要去北京
这次一定会见到天子
从来不开玩笑的浩官回答他
“如果英国人去北京
皇帝就去山西。”

2

洋人问，赤岗塔、琶洲塔、莲花塔有什么用处
广州人回答：“那是菩萨的事情。”

3

有人问一个洋人船长
对广州印象如何
船长回答："上帝创造了全世界后
用剩下的碎木片建造了广州城。"

4

首席法官对翻译说
"问那个印度人，籍贯、姓名、年龄和职业。"
翻译用孟加拉语问："你要什么，你要水吗？"
印度人回答："我不要水，也不要别的什么东西。"
翻译说："大人，印度人说，他叫拉姆·汗

三十岁，是个水手。”

法官又问：“这印度人是从一艘番鬼[1]船上岸的

那艘船是哪个国家的？”

翻译对印度人说：“要樟木箱子吗？还有象棋

一流货色，一等便宜。一定到我店，九号。”

印度人望着旁听的洋人说

“先生们，他说什么？我一句都听不懂。”

---

1. 中山大学历史系教授陈胜粦在《广州番鬼录》中译本序言中说：“‘番鬼’是当时广州人对侨居广州的外国人的贬称。它起源于16世纪初期，刚刚到达中国的葡萄牙殖民者，在广州沿海的掠夺和暴行，引起人民的痛恨，因而被称为‘番鬼’……这一称呼主要是由西方殖民者在广州人民心目中的形象造成的，不能单纯以排外或时代偏见做解释。广州人民反对的是西方资本主义的侵略，对一般西方人士是友好的”。——编者注

翻译说："大人，黑鬼[2]说，他的船从孟加拉来的。"

法官又问："船是哪个国家的？"

翻译对印度人说："一定来我店，九号。有好酒，二元一瓶。"

印度人举起双手，发出绝望的叫声

翻译对法官说："那船是红毛国[3]的。"

2. 故事引述自美国人亨特的《旧中国杂记》（广东人民出版社2000年版），用词保留原文所述。——编者注

3. 同上。——编者注

“哥特堡”号

你已沉入海底
但你的灵魂一直在波涛上游荡
人们依照你的样子建造了一艘新帆船
让你的灵魂找到新的躯壳

你从时间中删去二百六十年
沿着前世的航线向我们驶过来
水手们高唱着一支古老的歌
“知那路途难，波涛险
去中国我们扬起帆！”

一艘帆船驶出了大海
当年迎接你的人们已经不在了
我代替他们，在老地方欢迎你
一起追忆大海的传奇

乌石二传

我们在同一片海岸长大
吃同样的鱼虾，看同一枚落日
我们都排行老二
但称你为二哥的人比我多
你是海上天子，波涛是你的子民
鲸鱼是你的兄弟，白云是你表叔
你与众弟兄在浪尖上讨生活
敬畏天，敬畏海，唯独不畏敬皇帝
在你的藏宝洞旁，我看见
长在洞口崖壁上的相思树、仙人掌和簕古
都是你的弟兄们不肯离开的灵魂
他们还在守护着时光的宝盒
和一个守口如瓶的秘密
人们把这个无法进入的洞穴
称为贼佬洞。看来，贼是做定了
但盗亦有道。有时候
英雄就是一种失败

就像北部湾上的那枚落日
孤独，绝望，但又义无反顾
你的血，染红了别人头顶的官帽
你的故事，丰满了别人的传记
唯有大海没有忘记你
波浪还在一行一行地为你书写史诗
海风还在一句一句地朗诵
我奶奶也一次又一次地说起
咸鱼游水的故事

伪欧洲

从黄沙地铁口走出地面的时候
我仿佛穿越到了欧洲
哥特式、券廊式、新巴洛克式和新古典主义建筑
散布在这个巴掌大的小岛上
沙面大街 2 号的红楼像一个失恋者
露德天主教圣母堂的塔尖往天上挤
在佛释道之间为上帝争得一席之地
东方汇理银行和汇丰银行也已完成了清算
那时候，南海处处是大道，条条波浪通广州
虎门的炮台，沙角的炮台，沙面的炮台
都抵挡不了他们的脚步
他们在一张借条上拼凑了一个小小的欧罗巴
那些种植多年的建筑早已生根
与脚下的土地血肉相连
时间把它们喂养成全国重点文物保护单位
成了年轻人拍婚纱照的好地方
那些古老的房子，正好用来

开中医馆，售卖石湾公仔和广府刺绣
靠近白天鹅宾馆那端，有一组铜雕
一位拖着辫子的清朝商人手捧算盘算账
不知道他是赚了，还是赔了

两棵榕树

林则徐故居，一棵榕树抱着石头生长
它的根已经跨过石栏
高过了御碑亭的树枝还在向上生长
好像要抓住高处的蓝天
它那么高那么大，以致我忘记了
院子里还有其他树木
离开故居后，走到三坊七巷
我回过头来，那棵榕树
像一朵绿色的云，在红墙之上升起
它让我想起，虎门销烟池畔
也有一棵大榕树。那天
一个老人和他的小孙女在榕树下喂鱼
销烟池里，几尾白云正肥

郑家大屋

向东的大门与向北的房门是近义词
檐下的榕树与庭院里的桂树也是近义词
岭南风格的屋脊、横梁和拱门
与西式的楼梯、窗户和天花是近义词
我刚进来时是晴天，现在正下着雨
晴天和下雨也是一对近义词
屋内的寂静与屋外的潮声同样是近义词
当我来到书房时，主人已经离开
书桌上摊开的书稿，墨迹未干
标题醒目，像一道隐藏着惊雷的闪电
——盛世与危言也是一对近义词

在石室

大雨把我送到这里
我在后排找个空位坐下来
翻着《圣经》，看神父做弥撒
仪式很快结束了
但人们并不急着离开
他们在过道上排起了长队
我也走过去，排在队伍的后面
等我走到前面时
有人往我的舌尖上
放一块白色的小甜饼
这时候，我看到
前面还有另一条长队
我不知道他们又是在做什么
我走过去排在队伍的后面
等我走到前面时
才知道这条队也是领小甜饼的
发小甜饼的人问我，你是教友吗

我说我不是，他请我离开了队伍

在那个下着大雨的礼拜天

我欠了上帝一块小甜饼

在胡里山炮台

他为我拍照，我为他拍照
我们分别与克虏伯大炮合影
然后，我们站在近十四米长的炮筒前
望着大海，谈论正在进行的“世界杯”
从日本队和沙特队的爆冷
到梅西和 C 罗的表现
阳光有点炫目，我们转移到
“历史告诉我们”短墙的阴影里
继续聊容志行、古广明和“省港杯”
他说他曾经是万达队的球员
但早就不踢球，也不看球了
二十年前改跑马拉松，退休后
哪里有马拉松比赛
他就到哪里跑。前几天
他刚跑完厦门马拉松，成绩还不错
我们说得越多，墙的阴影越短
我们一起走出景区的大门
各自消失在环岛路上

灯塔看守人

硇洲灯塔旁，有一座坟墓
坟墓里，躺着一个灯塔看守人
岛上的人们都叫他阿公
阿公曾经是东北抗联老兵，当年
他随大军南下，从中国地图的鸡头
来到了鸡脚。他收起军功章
把下半生交给这座灯塔
三十年来，他夜夜点亮灯塔
也把自己点成一盏灯
今晚，如果你看见一个灵魂
右手举着煤油灯，左手提着一桶水
走在灯塔内部扇形的石阶上
你不要害怕，也不要出声
那是阿公要爬上灯塔的顶端
擦亮水晶棱镜

寻找马尾造船厂

我们来到马尾时天色已晚
导航把我们带到船政局一号船坞旁
船坞里是一艘新式的退役军舰
显然，它不是马尾造船厂建造的
黄昏时，我们赶到船政文化景区
因为疫情，这个景区好久不开放了
我们隔着铁栅栏往里面张望
看见一块石碑上写着
“光绪十年七月初三日
马江诸战士埋骨之处”
这些将士，是和马尾造船厂建造的战舰
一起沉没的。马尾造船厂
曾经制造过许多有名的沉船
那天，我们专门来找马尾造船厂
却找不到，回来的路上
卫华问，马尾造船厂现在还在造船吗
我说，肯定还在造
因为这是马尾造船厂

海事博物馆

沿着鲸鱼骨架搭建的楼梯
我们来到一艘古船的水密隔舱
韩愈在南海神庙写下“海事”这个词后
大海上的事情，果然多了起来
人们开始建造更大的船只
装满丝绸、茶叶、瓷器、沉香和玻璃器具
携带碇石、航海图和指南针
向大海出发，很快
人们就发现，大海的尽头
也是大地。在海边的集市上
人们用不同的语言讨价还价
金子、银锭和铜钱像蝴蝶一样穿梭其间
起航的汽笛声惊起桅杆上的海鸥
沉船在海底等待风暴把它叫醒

华侨博物馆

一群漂洋过海的人
一群为我们腾出泥土和空气的人
一群把故乡折叠在行李箱里的人
一群把乡音当作遗产的人
一群淘金子、修铁路、割橡胶的人
一群在异乡建造唐人街的人
一群把碉楼建成世界遗产的人
一群在异国当了统帅的人
一群被驱逐出境的人
此刻，他们集中在这间房子里
仿佛他们从来没有离开过
仿佛新航路还未开辟
仿佛世界就这么大

陈家祠

蝉噪时节，荔枝熟了
天上的街市传来了叫卖声
广场上，狮王争霸，如意球划过长空
河涌里，龙舟竞渡，锣鼓声响彻两岸
骑楼上面，推开窗子唤儿回家吃饭
那是谁的娘？粤剧开场了
台上的人做自己，台下的人扮演别人
生活正以每秒三米的速度变成历史
屋脊上的故事再高也是人间
春风吹绿传说，落叶终成书签
他们要搭上一个王朝的末班车
让十年寒窗那盏灯
照亮江湖夜雨的仕途

十香园记

阻止花朵凋谢的唯一方法
是把它们种在宣纸上
蜜蜂、蝴蝶和几只麻雀
一会儿画里，一会儿画外
“撞水”的秘密已经泄露
古泉井也被封闭了
从两颗青色的荔枝之间望过去是今夕庵
关山月的梅花开在二楼
置身其中的我
仿佛也成了岭南派

在根雕艺术馆

一段横着的乌木里躺着柔情似水的美人鱼
一截竖着的香樟里住着一尊普度众生的菩萨
一条抱着石头的树根是一个打石头修长城的壮汉
一根弯曲的树枝是一位弯弓射大雕的英雄
这一棵城府幽深正好建造大观园
那一棵胸怀坦荡早已成水泊梁山
水也汹涌，云也舒卷
根雕艺术馆的老板说，在非洲买下那棵树王时
他们向大树跪拜十天，才敢动手
我肯定也是从一段木头里出来的
一到春天，老想长出枝叶

去黄飞鸿故居的路上

西樵山麓的古道上
我行走在中国最后的江湖
秋风的无影脚卷起地上的落叶
雨点的铁线拳敲击挡风玻璃
我感觉自己不是在开车
而是骑着一匹瘦马
冒雨去黄师傅家拜师学艺
在没有侠客的年代
我想让流落江湖的文字
无招胜有招

漳州路 44 号

左转右转，终于找到了漳州路 44 号
院子里的白玉兰和龙眼树，像远古的传说
在时间中枝繁叶茂。旧叶子
落在旧地板上和旧台阶上
旧台阶像一摞落满灰尘的旧书
从院子的地面摞到二楼
当年，林语堂与他新婚的妻子
在前厅右侧的厢房里
度过婚后甜蜜的三天，之后
他们再也没有回来
这栋房子一直在这里等他们
也把自己，等成一部小说
如果这部小说有书名，应该是
《鼓浪屿烟云》

在弘一法师舍利塔前

群山苍翠，空寂
我们爬到山顶时
一块骨头在歌唱
“长亭外，古道边，芳草碧连天……”

一级。两级。三级。四级。五级。六级
短短的台阶

从半人高的褐色栅栏往里面看
丰子恺为恩师所作的画像
如一棵清瘦的菩提
正在返青

左侧的石头上
大师面对青山，也面对峡谷
右侧的石头上，“悲欣交集”四个字
已深陷其中

是日也，天朗气清

我们凭栏远望

一轮明月出东山

卫华问我，今天农历几号

我打开手机一看

壬寅年冬月十五日[1]

1. 壬寅年冬月十五日，即 2022 年 12 月 8 日。

寻找李金发

人们还在公园里欢度春节
我们却沿着指示牌向山脚下走去
寻找一座坟墓，而坟墓的主人
已经成为象征派诗人的一个意象
顶着这个铜质意象的石头
也已成为一个隐喻
我弯下腰，在石头底部
隐约可见“李金发造”四个字
看起来像现实中的虚幻
又像虚幻中的现实
两条树枝从铜质意象的背后长出
像一对巨大的翅膀
好像随时要带着什么飞走
我突然想起他的诗句——
“生命便是 / 死神唇边 / 的笑”

一个黑人唱着粤语歌曲

像错过天亮的夜
他的肤色出卖了他的故乡
在三元里大道，一辆三轮车的后座上
一个黑人把他的乡愁翻译成中国南方方言
把一支思乡曲唱得深沉、突兀
仿佛一头孤独的狮子在热带草原上低吼
仿佛那条穿过东非大裂谷的河流在咆哮
他的歌声让我相信
他不是一个流亡的酋长
便是一个放弃王位的王子
三轮车拐入一条小巷的时候
那支歌曲他还未唱完

见到了扎加耶夫斯基

在人群中我老远就认出了你
如同从散文中认出了诗
在遥远的东方，在一条伟大河流的岸边
你见到了你的好朋友李白、杜甫和王维的后代
他们已经不押韵，不合平仄，也不对仗了
又是三月，他们当中有些人想和你一起去利沃夫
看看被导弹和争吵吓着的水曲柳和白杨树还敢不敢发芽
溪水是否还在说着黯然的世界语
但是，没有哪个车站能去利沃夫
也没有哪些个机场能去利沃夫
好在，“狮城无处不在”[1]
在中国南方，他们朗诵你的诗篇
而不管窗外的雨水如何滂沱
如果这个世界遭到损毁而无人赞美
走在窄道上的诗人，是发出声音的时候了

---

1. 引自波兰扎加耶夫斯基诗《去利沃夫》，乌兰译。

你和你的前辈们，一次又一次

用诗歌，拯救了你的祖国

嘿，可可扎

嘿，瑞典人可可扎
我们发明“粉丝”这个词之前
你已经成为广交会的头号粉丝
你把《毛主席语录》当作护照
从这个窗口深入东方大国
春天，木棉花迎接你
秋天，三角梅迎接你
从中国制造到中国智造
你一页一页地翻动着中国工业发展史
嘿，被马可·波罗诱惑的可可扎
嘿，青春帅气的可可扎
嘿，满头白发的可可扎
嘿，受疫情影响参加线上广交会的可可扎
每次经过新港东路我都会想起你
嘿，已成为广州市荣誉市民的可可扎
你是一部外文版的广交会史

后　记

这本集子名为《大海书》，是因为这些诗与大海有关。我出生于雷州半岛西部、北部湾东岸的一个名叫那澳的村子。我的第一声啼哭，就与北部湾的涛声混合在一起。

北部湾是我的故乡，也是我诗歌的原点。在我的记忆中，故乡的人和事随着岁月的老去，反倒愈来愈清晰，成为一首首含盐量很高的诗。

我们村子前面是省内最大的盐场，采用海水摊晒的古法制盐，是个地地道道靠天吃饭的行当。解放前，这片盐场是地主家的，我爷爷在盐场里做过长工。解放后，盐田实现了国有化。20 世纪 60 年代，我父亲从部队转业回到这个国营盐场工作，一直干到退休，守望大海一辈子。农闲时，母亲也到盐场做散工，我和哥哥还顶替过母亲到结晶池里动卤。这样算来，我是“盐三代”。

小时候，我经常一个人在盐场游荡，看古老的风车悠然转动着巨大的木扇叶，慢慢地把卤水沿着木槽送上结晶池；看盐工来来往往地动卤、收盐，用独轮车把盐推到堆场上，堆成高高尖尖的雪山。等盐工们收工后，我便爬到盐堆上，抓起一把盐，塞到嘴里，掰着指头数数，看看自己能坚持多久。傍晚时分，我经常跑到运盐码头，看工人们光着膀子，用古铜色的脊背把装在麻袋里的盐一袋袋顶到船上，直到运盐船拔锚起航，消失在日头落水的方向。

盐场的西南面就是北部湾，它辽阔，深邃，明净。我经常在堵海大堤上看潮起潮落，想弄清楚那么多的海水从何处来，又往何处去，但始终没有答案。那时候，我的愿望是当一名船长，驾驶着帆船，谜一样消失在茫茫大海中，多年后，又奇迹般回来，向伙伴们讲述属于自己的海上历险记。

在我无忧无虑的童年，北部湾是我的乐园。退潮后，我经常到海里捉鱼虾，挖沙虫，刨螺，打蚝，钓螃蟹，或者采摘红树林里的黄果子。每年八九月间，海湾里的红树挂满黄果子，我们采摘回来喂猪，人也可以吃，煮熟了用清水滤去苦涩味，撒上一些炒芝麻，味道极佳，如果再奢侈一点，用猪油炒过，那就更妙了。分田到户前，粮食短缺，乡亲们靠红树的果子度过饥荒。

雷歌是一种可以唱出来的诗，乡亲们在赶海的路上唱，在海里唱，挑着沉甸甸的收获回来时，更是少不了雷歌助兴，因而海湾里不时有雷歌飘荡。赶早潮时，我和伙伴们最常唱的一支歌是："日头上起红飘飘，担卡[1]担篮去捉鲎。捉到

---

1. 卡：雷州方言词，指竹制的鱼篓。

个螢又没尾，捉到条鱼又没头。”歌中有意境，有韵味，也有淡淡的忧伤和无奈。我一直认为，这样的雷歌就是原生态的好诗歌。

读完小学，我告别了北部湾。也许是命中有海，任我怎么漂泊，都无法挣脱南中国海那条弯弯曲曲的海岸线。在每一个地方，我的居住地都离海不远，有海风吹，有涛声伴，始终有蔚蓝的期待与向往。

这几年，我一有空，就自驾往海边跑。从北部湾到舟山群岛，从南海到东海，在几千公里长的海岸线上漫无目的地行走，进渔村，走渔港，上海岛，到岬角海岸探幽，寻访海上丝绸之路遗迹，或乘船出海，走向大海的深蓝，穿梭在潮涨与潮落、历史与现实之间，了解不同的海、不同的岸、不同的人群和民俗文化，领略中国沿海一日千里的变化，感受海洋文明的勃发生机。

大海以波涛向我问好，我还大海以诗。这本《大海书》中的每一首诗都是我与大海最直接的对话，是我向大海说出的最真实感受。写下这些诗歌，我的故乡已不仅仅局限于北部湾那片海了，那些我去过的，以及还未来得及去的大海，它们都是我的故乡。

写到这里，几声船叫从窗外传来。狮子洋上，有人抵达港口，也有人在星夜远航。

一生有海，一路有诗，真好！

梁雷鸣

2023 年 2 月 6 日于狮子洋西岸